AF237341

Dirk Jäger

Seelenstaub

FSC
www.fsc.org

MIX

Papier aus ver-
antwortungsvollen
Quellen
Paper from
responsible sources

FSC® C105338

IMPRESSUM

© 2021 Dirk Jäger
www.facebook.com/DirkJaegerAutor
www.instagram.com/dirkjaegerautor
dj-autor@gmx.de

Erste Auflage Juni 2021

Alle Rechte vorbehalten.

ISBN 978-3-754-30846-2

Korrektorat:
Katharina Pomorski

Coverdesign:
Ronny Altendorf
www.covertraeume.de

Herstellung und Verlag:
BoD – Books on Demand, Norderstedt

Bibliographische Information der Deutschen Nationalbibliothek:
Die Deutsche Nationalbibliothek verzeichnet diese Publikation in
der Deutschen Nationalbibliographie; detaillierte bibliographische
Daten sind im Internet über http://dnb.d-nb.de abrufbar.

Die Handlung und alle handelnden Personen sind frei erfunden.
Jegliche Ähnlichkeit mit lebenden oder realen Personen wären
rein zufällig.

Erster Teil

-

Kerstin und Bastian

Prolog

Die Bar ist brechend voll. Das Wirrwarr von Stimmen wird gerade von Bryan Adams' ‚Summer of 69' übertönt, während Ralf im Keller am Fuß der Wendeltreppe auf diese wirklich hübsche brünette Frau wartet. Er ist ihr gefolgt und er wird sie ansprechen, sobald sie aus der Toilette kommt. Er freut sich darauf und hofft, dass sein Vorhaben von Erfolg gekrönt sein wird. Aber kaum, dass sie aus der Tür tritt, geht sie auch schon zielstrebig auf die Treppe zu. Er muss sich beeilen, sich ihr schnellstmöglich in den Weg stellen. »Hey, darf ich dich etwas fragen?«

»Ich komme gerade vom Klo. Nicht gerade der perfekte Zeitpunkt, eine Frau anzuquatschen.«

»Darum geht es auch nicht, jedenfalls nicht direkt.«

»Na, jetzt bin ich aber gespannt.«

»Also mein Freund, der spricht nie eine Frau an. Uns anderen ist deine Freundin aufgefallen und wir glauben, die beiden könnten echt gut zusammenpassen.«

»Welche?«

»Die mit den blonden schulterlangen Haaren, sie trägt ein Nirvana-Shirt.«

»Kerstin?«, sie lacht laut los und scheint völlig überrascht. »Vergiss es! Das ist ein hoffnungsloser Fall. Außerdem werde ich sie nicht irgendeinem Kerl überlassen. Sie ist wirklich ein sehr besonderer Mensch.«

»Okay. Dann schau dir Bastian wenigstens einmal an. Nur aus der Ferne und gib mir ein Zeichen. Du wirst sehen, was ich meine. Er trägt auch so ein Nirvana-Shirt.«

»Ihr Typen werdet immer eigenartiger. Wegen eines T-Shirts glaubt ihr, Gemeinsamkeiten zu erkennen? Na gut, aber das kostet dich ein Bier.«

»Das ist mir sogar eine ganze Runde wert. Schau ihn dir an!« Ralf wendet sich ab und greift in hoffnungsvoller Voraussicht schon nach dem Treppengeländer.

»Hey! Verrätst Du mir wenigstens deinen Namen?«

»Oh! Entschuldige, ich bin Ralf, ein Freund von Bastian, und Du?«

»Mandy, Kerstins beste Freundin und die Mörderin von Bastian, wenn er ihr wehtut.«

»Das tut er nicht. Dafür lege ich meine Hand ins Feuer. Nein, dafür lege ich mich ins Feuer.«

»Na, ich bin gespannt! Und vergiss mein Bier nicht!«

»Keine Bange!«, sagt Ralf und verschwindet in wenigen Augenblicken über die Wendeltreppe nach oben.

Mandy sieht ihm hinterher, sieht seinem von einer Jeans perfekt eingepackten Hintern hinterher und lächelt. Er wartet auf der oberen Stufe auf sie, damit sie weiß, in welche Richtung er gehen wird. Langsam folgend und nach einem Nirvana-Shirt suchend, findet sie Bastian und traut ihren Augen nicht. Da steht tatsächlich die männliche Ausgabe von Kerstin. Schon von hinten erkennt sie, wen Ralf gemeint haben muss. Er hat sich neben ihn gestellt, aber das wäre tatsächlich nicht nötig gewesen. Diese Rühr-mich-nicht-an-Körperhaltung spricht Bände. Mandy geht in einem Bogen um die Gruppe aus vier Männern und jede Vermutung bestätigt sich. Ganz auf seine drei Freunde fixiert, nimmt er sonst niemanden in der Bar wahr. Sie sind sein Halt in dieser Welt. Hübsch ist er, keine Frage. Aber in sich gekehrt und er scheint damit durchaus zufrieden zu sein, dass seine eigene Welt eine kleine ist. Mandy steuerte auf die Gruppe zu und hält direkt vor Ralf an.

»Ralf!? Du hier? Damit habe ich echt nicht gerechnet. Hast Du Lust auf ein Bier mit einer alten Freundin?«

»Mandy! Was für eine Überraschung. Klar, das sind übrigens Mirco, Jens und Bastian.«

»Hallo Jungs, ist es okay, wenn ich ihn euch entführe?« Ihr Blick bleibt auf Bastian ruhen, und erwartungsgemäß gibt er ein freundliches »Macht ihr nur« zur Antwort. Ganz so, wie sie es von Kerstin erwartet hätte, freundlich, zuvorkommend mit einem Hauch von Lockerheit, welche seine Unsicherheit kaschieren soll. Aber sie weiß noch mehr, und sie ist sich sicher. Wenn man ihn losließe, von der Leine ließe, wenn man ihm jede Hemmung nehmen und er aus sich herausgehen könnte, dann gäbe es kein Halten mehr. Das kennt sie von Kerstin. Diese Abende voller Alkohol und Mädchensachen. Niemand sonst kennt Kerstin derart ausgelassen wie Mandy. Niemand. Bis heute. Ihre Freundschaft würde weniger intensiv sein, sie müsste Kerstin nicht nur teilen, sie müsste sie hergeben. An Bastian, den einzigen Mann auf dieser Welt, der zu Kerstin passen würde, den einzigen, an den sie sie hergeben würde, und gerade steht sie vor ihm. Kerstin sehnt sich nach Liebe, nach wirklicher, echter, hingebungsvoller Liebe, und so oft schon hatte sie ihr Männer vorgestellt und jedes Mal war ihr schon vorher klar, dass es wieder ein Schuss in den Ofen sein würde. Wenn einer dazu in der Lage wäre, Kerstins Herz zu erobern und sie zu lieben, dann er. Nur er. Am Tresen angekommen und mit ihren Bieren anstoßend, fragt Ralf: »Na, habe ich zu viel versprochen?«

»Hast Du nicht. Sind das Geschwister?«

»Scheint so, was?«

»Wie geht es jetzt weiter? Wenn ich es richtig vermute, könnten wir sie gemeinsam in einen Raum sperren und keiner von beiden würde auch nur einen Mucks von sich geben.«

»Das befürchte ich auch. Aber wir sollten sie wenigstens miteinander bekannt machen, oder?«

»Auf jeden Fall. Irgendwie könnten sie wirklich perfekt zusammenpassen.«

»Das denke ich auch. Wenn das klappen sollte, war das wohl der letzte Abend, den ich mit Bastian zusammen in diese Bar gegangen bin. Eigentlich mag er das hier alles gar nicht. Aber ich kann ihn einfach nicht allein zu Hause versauern lassen. Also, was tun wir?«, fragt Ralf und macht ein sehr angestrengtes Gesicht. Ihre Blicke treffen sich.

Kapitel 1

»Ich gebe Mandy und ihren Freundinnen eine Runde aus. Kommt ihr mit?«, fragt Ralf.

»Klar«, gebe ich gleichzeitig mit Jens und Mirco zurück und wir setzen uns in Bewegung. Auf dem Weg zum Tresen erzählt mir Ralf etwas über diese Mandy, die er wohl vor ein paar Wochen hier auf der Toilette kennengelernt hat. Dabei betont er ‚Toilette‘ derart, dass man denken könnte, sie hätten sich tatsächlich eine Kabine geteilt. Ich muss schmunzeln und wünsche ihm viel Erfolg bei seinem Vorhaben. Die Frauen warten schon am Tresen und Mandy winkt uns etwas theatralisch zu, als ob wir sie hätten übersehen können. Bei ihnen angekommen, wenden sich uns auch ihre Freundinnen zu. Die eine, ziemlich klein, brünett und ... Mein Blick fällt auf ihre andere Freundin. Schulterlange, blonde Haare, sehr weiche Gesichtszüge, große freundliche Augen schauen mich kurz an, während sie mir zunickt und mich anlächelt, um gleich darauf Mirco und Jens ebenso freundlich zu begrüßen. Ich muss noch einmal in diese Augen schauen. Einmal noch. Danach werde ich mich den anderen zuwenden, mit demselben Interesse und demselben Lächeln. Sie soll nicht denken, ich würde gleich etwas von ihr wollen. Niemand soll das denken. Aber ja, ich will. »Schönes Shirt«, sage ich und unterbreche sie dabei, als sie Jens zunickt. »Dito«, antwortet sie und tut mir den Gefallen. Schaut mir ein zweites Mal kurz in die Augen und lächelt. Was? Das war es schon? Ich wende mich den anderen zu, lächelnd, nickend und sie im Augenwinkel nicht verlierend.

»Das sind Sophia, Lena und Kerstin, und das sind Ralf, Mirco, Jens und Bastian, wenn ich mich recht erinnere«, höre ich Mandy sagen. Kerstin. Sie heißt Kerstin. Ein normaler Name, aber mit einem schönen Klang. Sie weiß jetzt, dass ich Bastian heiße. Bastian, wie dieser komische Junge aus diesem Kinderfilm. Prima, wieder einmal ist dieser Name der erste Eindruck, den jemand von mir hat. Ich hasse es. Ralf hält derweil ein Bier nach dem anderen in unsere recht große Runde. Das brauche ich jetzt auch, ich muss den Gedanken an meinen Namen herunterspülen. Wir werden anstoßen, jeder mit jedem. Auch ich mit Kerstin. Ein drittes Mal werde ich ihr gleich in die Augen schauen dürfen. »Ein Traum«, sage ich, während Ralf mir das ersehnte Glas gibt, und werde unterbrochen. »Ein großes Wort für ein so kleines Bier«, dringt Kerstins helle Stimme an mein Ohr. Mandy macht große Augen und sieht Ralf an.

Warum ist mir nicht klar und ich hinterfrage es nicht. Wollte ich eben noch in diese Augen schauen, so will ich jetzt erneut diese Stimme hören. Beides. Ich will beides und antworte, ohne zu überlegen: »Mit Träumen kenne ich mich aus. Ich darf das.« Verdammt! Was war das denn? Ja, meine nächtliche Traumwelt ist anders als bei den meisten Menschen, aber das gehört nicht hierher, das geht niemanden etwas an. Großartig, Bastian. Beim Start schon verloren. Wie immer. Prima! »Was träumst Du denn so?«, klingt ihre Stimme wieder in meinen Ohren. Das hat sie jetzt nicht wirklich gefragt, oder doch!? Ich denke - lange - zu lange über eine Antwort nach, blamiere mich mit meiner fehlenden Schlagfertigkeit. Ehrlichkeit ist das Einzige, was mir jetzt noch einfällt. »Das würdest Du mir sowieso nicht glauben.«

»Versuch es einfach, vielleicht erzähle ich dir dann auch von meinen Träumen.«

Ich stehe da wie ein Idiot. Was passiert hier? Ich rede mit einer Frau. Einfach so. Und dann auch noch über dieses Thema. Dieses eine Thema, von dem ich dachte, dass es einzig meinem kranken Hirn entspringt. Dieses eine Thema, über das ich noch nie mit jemandem gesprochen habe. Wieder überlege ich zu lange. Wieder gebe ich eine Antwort, ohne sie vorher ausreichend zu hinterfragen. »So viel Zeit hast Du nicht, um dir das anzuhören.« Jetzt überlegt sie, kurz nur, aber sie tut es. »Nun, es ist Freitag Abend. Genau genommen habe ich zwei Tage Zeit.« Das will sie nicht! Ich glaube nicht, dass sie das wirklich will. Aber warum sonst sollte sie es sagen? Ist sie tatsächlich daran interessiert? Dieses Interesse schmeichelt mir, lässt mich alle Vorsicht vergessen. »Na dann sei dieses Wochenende mein Gast.«

Stille.

Ralf, Mirco und Jens schauen mich an. Kerstins Freundinnen schauen mich an. Und Kerstin? Sie lächelt mich an. »Das könnte wirklich interessant werden. Gerne.«

Jetzt ist es aus und vorbei. Jeder Ton erstickt in meinem Hals. Ich kann gar nichts mehr sagen. Ein Date, direkt ausgemacht und direkt umgesetzt, keine Zeit, um mich vorzubereiten, um ein Hemd anzuziehen und nicht dieses alberne Shirt. Keine Zeit. Es ist so weit. Jetzt! Die Bar hat einen Lounge-Bereich. Bisher saß ich dort immer allein, um auch hier ab und an meinen Gedanken nachgehen zu können. »Gehen wir in die Lounge? Da kannst Du entscheiden, ob es sich lohnt, dein Wochenende zu opfern.« Ralf klopft mir auf die Schulter. »Wir sind dann jetzt weg. Habt einen schönen Abend.« Im Wegdrehen raunt er mir mahnend ins Ohr: »Versau das nicht! Sie ist super!« Auch Mandy und die anderen Frauen, deren Namen und Gesichter ich schon wieder vergessen habe, wenden sich zum Gehen ab. Mandy wedelt Kerstin noch kurz mit ihrem Smartphone zu und zack, stehen wir allein an der Bar.

»Die Lounge?«, frage ich und sie nickt, lächelt dabei. Ich möchte mich von diesem Anblick gar nicht abwenden. Aber jetzt zu warten und nicht einfach loszugehen, wäre das Allerdämlichste, was ich tun könnte. Also drehe ich mich um und gehe. Auf dem Weg möchte ich mich vergewissern, ob sie noch da ist, wirklich hinter mir bleibt und nicht doch noch schnell zu ihren Freundinnen flüchtet. In der Lounge ist kein Mensch, der Abend ist noch zu jung, als dass hier die Ersten eine Pause vom Feiern bräuchten oder zu zweit allein sein wollen. Da fährt es mir wie ein Blitz durch den Kopf. Sie kommt mit mir *hierher*. Kein Pärchen betritt diesen Bereich, ohne am Ende rum zu knutschen. Keines. Man nennt die Lounge auch die Knutschecke. Ich kann mir kaum vorstellen, dass Kerstin das nicht weiß. Wir setzen uns auf das Sofa in der hintersten Ecke. Ich bin mit meinen Nerven völlig am Ende und habe keine Ahnung, wie ich anfangen soll, also spiele ich ihr den Ball zu. »Was willst Du denn wissen?«

»Erzähl mir von deinen Träumen, wenn sie so toll sind wie Du sagst.«

»Toll ist vielleicht das falsche Wort, gruselig und beängstigend trifft es da schon eher.«

»Dann eben die.« Sie klingt tatsächlich ernsthaft interessiert. Ich glaube, im falschen Film zu sein. Oder endlich im richtigen. »Ich muss gestehen, ich werde mich kurz sammeln müssen und überlegen, wo ich anfange. Gib mir bitte einen Moment. Magst Du mir so lange von deinen Träumen erzählen?«

»Kurz«, sagt sie, »und auch nur, damit Du überlegen kannst und einen Eindruck gewinnst, was später auf dich zukommt, wenn Du mich mit deiner Geschichte überzeugst. Es sind keine Träume, die ich habe, es sind eher Visionen. Sie umgeben mich, während ich schlafe, und ich kann sie sehen, auch sie sind eher beängstigend und gruselig und teilweise auch schon eingetreten.« Ich beobachte sie, während sie redet, lasse meine Ohren von ihre Stimme verwöhnen, meine Augen von ihrem Anblick. Sie ist keine dieser Frauen, die ins Fitnessstudio rennen, jede Kalorie zählen, etliche Euros beim Friseur lassen und ihr Gesicht unter einer Schicht Schminke verstecken. Sie sieht normal aus und genau das macht sie so hübsch. Dieser Kontrast der dunklen Augen zu dem blonden Haar ist einzigartig. Wenn sie mit offenem Mund lächelt, kann man die Spitzen ihrer Eckzähne erkennen, ein ganz leichter, kaum erkennbarer Vorderbiss lässt ihr Kinn zur Geltung kommen und gibt ihrem schönen Gesicht noch einiges an Charakter dazu. »Also«, sagt sie. »Geht's jetzt los?«, und reißt mich aus diesem Moment, in dem ich doch nur ihre Anwesenheit genossen habe. Wieder lächelt sie mich an, auffordernd, enthemmend, mich nach ihr süchtig werden lassend. »Ja, dann will ich mal«, sage ich und sehe sie an. Sie schaut zurück und mir direkt in die Augen, nicht kurz diesmal, sondern erwartungsvoll lang. Ich war zu keiner Sekunde in der Lage, mir Gedanken zu machen, was ich ihr erzählen soll. Wo anfangen, wo enden, welche Details sind wichtig, damit sie mir folgen kann? Ehrlichkeit. Die hat vor ein paar Minuten schon einmal geholfen. Hoffentlich kauft sie mir meine Ehrlichkeit ab. »Ich habe das wirklich noch niemals irgendwem erzählt. Nicht einmal meiner Mutter. Ich weiß gar nicht, wo ich anfangen soll, ich habe wirklich einiges mit meinen Träumen erlebt. Du denkst jetzt bestimmt, ich druckse herum. Aber nein. Ich muss gerade viele Jahre durchdenken, den Anfang finden.« Sie sieht enttäuscht aus. Verdammt, Bastian, denk nach! Jetzt! Zeit. Irgendwie muss ich Zeit gewinnen. Zeit zum Denken. »Willst Du dieses Bier überhaupt trinken?« Enttäuscht schüttelt sie ihren Kopf. Senkt den Blick. »Okay«, sage ich, stottere ich. Auch das noch! »Was möchtest Du trinken? Ich hole es und dann geht es wirklich los. Versprochen! Wenn ich nach deinem ersten Schluck nicht angefangen habe, dann vergiss das hier einfach. Okay?«

»Ein Wasser.« Enttäuschung spricht aus ihr. Ich habe es kaum verstanden und sie hat ihren Kopf dabei keinen Millimeter bewegt.

»Lauf nicht weg! Bitte!«, bettele ich sie an und renne fast. So weit war der Tresen noch nie entfernt und noch nie so komplett voll mit Menschen. Verdammt!

»Was machst Du denn hier?«, faucht es mich von der Seite an. Mandy.

»Wasser«, ist alles, was ich stotternd herausbekomme. »Sie will ein Wasser.«

Mandy schaut mich an, ich kann sehen, wie ihre Gedanken rennen. »Alles klar«, sagt sie und nach einem letzten kontrollierenden Blick in meine Augen ruft sie über den Tresen: »Mach mal ein schnelles Wasser! Ist ein Notfall!«

Der Barmann nickt und in kürzester Zeit halte ich ein Glas Wasser in der Hand.

»Geht auf mich«, sagt Mandy.

»Danke!« Ich drehe mich um und will gehen. Mein Kopf ist leer. Oder voll? Oder beides? Ich habe keine Ahnung.

»Halt! Stopp! Komm noch mal her!«

Ich gehorche, wende mich ihr wieder zu.

»Dein Shirt, zieh es aus.«

»Was?« Verarscht sie mich jetzt? Für so etwas habe ich nun wirklich keine Zeit.

»Zieh es aus, dreh es auf links und zieh es wieder an. Vertrau mir!«

Natürlich. Ich verstehe, reiche ihr das Glas, um es zu halten, ziehe mir das Shirt über den Kopf und direkt wieder an.

»Besser!«, sagt sie, während ich mich wieder zum Gehen abwende.

Am Eingang zu Lounge sind zwei Stufen, fast verschütte ich das Wasser, weil ich sie auf einmal nehmen will. Sie sitzt noch da. Still, sich nicht rührend und sich für nichts interessierend. Natürlich habe ich vergessen, meine Gedanken zu sortieren. Jetzt ist es aus, bevor es überhaupt angefangen hat. Ich resigniere. Gehe ruhig zum Tisch und stelle das Wasser vor ihr ab. Noch während ich mich setze, nimmt sie das Glas und führt es zu ihrem Mund. Das Einzige, was mir einfällt, ist die allerkürzeste Version meiner Träume, die ich schon mein Leben lang habe, ich stottere auch hierbei, denn was nun kommt, ist eigentlich völliger Blödsinn: »Ich werde heimgesucht von einer Hexe und einer Hand. Schon immer, schon als Kind. Vorgestern waren sie auch da.« Gott, ist das peinlich. Was für einen Scheiß rede ich denn da? Ja, es ist die Wahrheit, aber ... Wie ein kleines Kind sich die Hände vors Gesicht hält, um nicht gesehen zu werden, hoffe ich, dass sie es zumindest nicht richtig verstanden hat. Sie stellt das Glas ab, schaut mich an, lächelt, grinst, versucht es zu unterdrücken, und schafft es nicht.

»Hast Du Mandy getroffen?«

»Ja«, antworte ich wahrheitsgemäß.

»Das sehe ich. Du hast es getan. Warum?«

»Es war logisch. Wer will schon beim ersten Date im Partnerlook herumlaufen.«

»Date?«

»Na ja, bislang wohl eher nicht.«

»Stimmt!« Ihr Grinsen ist verschwunden und sie sieht gelangweilt aus.

»Möchtest Du überhaupt noch etwas von meinen Träumen wissen, oder möchtest Du lieber gehen?« Ich glaube gerade, sie hat das von der Hexe und der Hand tatsächlich nicht gehört.

»Gibt es denn überhaupt etwas zu berichten?« Da war er, ein Unterton in ihrer Stimme, der mir sagt, dass sie gerade einfach nur noch von hier fortwill. Fort von mir, dem Versager, dem Schwätzer, dem Nicht-Mann. Ich bleibe ehrlich. Etwas anderes habe ich sowieso nicht zur Verfügung, und wenn ich damit nicht weiterkomme, dann war es wohl auch besser so. Scheiße! »Das gibt es, aber es ist viel. Viel zu viel. Und das hier ist eigentlich nicht die richtige Umgebung«, starte ich meinen letzten verzweifelten Versuch.

»So? Was wäre denn die richtige Umgebung?«

»Keine Bar. Draußen wäre es gut. Beim Gehen.«

»Draußen!? Beim Gehen!?«

»Das ist ein uralter Trick, um seine Gedanken zu ordnen. Ich glaube, sogar Aristoteles hat das schon so gemacht.« Ein zaghaftes Lächeln huscht über ihr Gesicht.

»Aristoteles hat also beim Gehen gedacht?«

»Ich habe davon gelesen. Ist lange her.«

»So etwas liest Du?«

»Klar, warum nicht?«

»Gut, Bastian. Gehen wir. Ich muss nur den Mädels Bescheid geben.« Sie holt ein Handy aus der Hosentasche und tippt eine Nachricht. Die Antwort scheint augenblicklich zu kommen. Sie tippt noch etwas und schaltet es direkt aus. Ich werde das Gefühl nicht los, gerade von Aristoteles gerettet worden zu sein.

Es ist der erste Freitag im August, vor der Tür empfängt uns eine der letzten warmen Sommernächte. Im Schein der Laternen gehen wir los. Einfach so aufs Geratewohl. Ich frage nicht, wo sie entlang laufen will und sie mich auch nicht.

»Lykeion«, sagt sie mit weicher Stimme und ich verstehe es nicht, schaue sie nur fragend an. »Die Schulen des Aristoteles. Sie waren als Gärten angelegt, in denen seine Schüler beim Gehen besser denken sollten. Er nannte sie Lykeion.«

»Jetzt habe ich es.« Unfassbarerweise klingt meine Stimme nun auch völlig ruhig und tiefenentspannt. Der Knoten in meinem Kopf ist geplatzt und ich sehe meine Traumgeschichte vor mir. Ich muss sie ihr nur noch erzählen. Ich warte nicht, bis sie fragt. Ich frage nicht, ob sie bereit ist. Ich fange einfach an.

* * *

Wieder einer dieser Abende in dieser Bar. Mandy, Sophia und Lena würden hier wohl am liebsten einziehen. Ich habe das noch nie verstanden. Sie lieben diesen Laden. Es ist eng, man stößt ab einer gewissen Uhrzeit ständig mit betrunkenen Menschen zusammen und ich möchte jedes Mal sofort unter die Dusche, wenn wir hier gewesen sind. Aber die Mädels sind gern hier und sie machen mir zuliebe alle paar Wochen einen Spieleabend bei mir zu Hause. Was sie allerdings nie machen, ist mich allein zu lassen. Sie schleifen mich überall mit hin, geben keine Ruhe und auch heute würde ich lieber im Schlafanzug auf dem Sofa liegen, ein Buch lesen, einen Film schauen oder zum tausendsten Mal auf einer dieser Datingseiten nach einem Mann suchen. Mandy kommt nach einer

Ewigkeit von der Toilette zurück und sieht einigermaßen aufgewühlt aus. Ich werde nicht fragen müssen, was der Grund dafür ist. Sie wird es uns gleich sagen, ob wir es wissen wollen oder nicht. Und da geht es auch schon los: »Woohoo Mädels! Vier Männer nur für uns. Dieser Abend wird einer der besten überhaupt! Ich weiß es einfach!« Echt jetzt? Sie hat vier Kerle aufgetan? Das wird bestimmt ein Spaß, jedenfalls für die anderen drei. Ich trotte hinter ihnen her und versuche, nicht allzu lustlos zu wirken. Mandy schaut mich an. »Das wird dein Abend. Wirklich, Süße!«

»Das hast Du schon so oft gesagt, aber danke, dass Du dich bemühst und nicht aufgibst. Auch wenn ich dich heute bestimmt wieder enttäuschen werde.«

»Wirst Du nicht. Nicht heute!«

Ich lasse ihr die Freude und wir stellen uns an den Tresen. Mandy scheint sich zu freuen, als würden gleich der Weihnachtsmann und der Osterhase gleichzeitig kommen und uns für den Rest unseres Lebens in diese Bar einladen. Sie hebt eine Hand und winkt. Gott, wie peinlich ist das denn? Ich werde es ihr nicht sagen. Bei aller Euphorie und allem Überschwang denkt sie doch immer nur an mich, auch wenn ich es manchmal leid bin. Aber dafür liebe ich sie. Aus der Richtung, in die sie gewunken hat, sehe ich drei Männer kommen. Drei!? Gut für mich! Ach verdammt, da ist noch einer dahinter, und er trägt mein Shirt. Mandy, bitte! Echt jetzt? Wegen eines Shirts? Komm schon, das kann nicht dein Ernst sein? Sie kommen näher. Wenigstens ist er trotz seiner blonden Haare ganz ansehnlich. Mandy nimmt mir heute noch übel, dass ich einmal einen Mann abgelehnt habe, weil er ‚leider blond‘ war. Ich wusste mir damals einfach nicht zu helfen und habe irgendetwas gesagt. Seitdem ist sie nie wieder mit einem blonden Mann für mich angekommen. Dieses Shirt muss sie wohl völlig aus der Bahn geworfen haben. Er steht vor mir und sieht mich an. Nett, freundlich, keine Spur dieses Hübsche-Puppe-Gedankens in seinem Gesicht. Er sieht wirklich gut aus. Unspektakulär, aber gut. Seine Haare sind verdammt dicht. Ob er weiß, dass ihn alle Frauen darum beneiden? Ich darf ihn nicht so sehr mustern, schnell lächeln, nicken, wegschauen. Wenigstens hat er drei Gründe mitgebracht, die mir dabei helfen, mich von ihm abzuwenden.

»Schönes Shirt!«, höre ich. Natürlich von ihm. Eine angenehme Stimme hat er also auch. Ich bedanke mich mit einem weiteren Lächeln und »Dito!« Jetzt aber bloß wieder wegschauen. Dito? Etwas Besseres ist mir nicht eingefallen? Egal, Mandy ist ja Kummer mit mir gewohnt.

»Das sind Sophia, Lena und Kerstin, und das sind Ralf, Mirco, Jens und Bastian, wenn ich mich recht erinnere«, höre ich Mandy sagen. Bastian? Wo ist Fuchur? Nein, das ist nicht nett, das macht man nicht und außerdem ist es unfair. Sein Freund hat Bier geholt und verteilt es gönnerhaft.

»Ein Traum!«, sagt Bastian, als er das Glas nimmt. Mein Stichwort! Ich brauche nicht zu Mandy zu schauen, um ihren Gesichtsausdruck zu sehen. Sie ist die Einzige, der ich mich jemals anvertraut habe. Sie weiß, dass ich darauf anspringen und ihm wenigstens eine kleine Chance geben werde. Wenn er sie nutzen will, dann jetzt. »Ein großes Wort für ein so kleines Bier.« Ich ertappe mich dabei, mir zu wünschen, dass er richtig reagiert, und er tut es tatsächlich.

»Mit Träumen kenne ich mich aus. Ich darf das.«

Ich mag seine Stimme. Ich mag ihn reden hören. Gott, was geht denn hier vor? Nun gut, ganz so toll war seine Antwort jetzt doch nicht. Eine Chance bekommt er noch. »Was träumst Du denn so?«

Er überlegt. Zu lange. Tja, das war es dann wohl. Am Start die falsche Kurve genommen.

»Das würdest Du mir sowieso nicht glauben.«

Was? Wie bitte? Mandy, hilf mir! Wen hast Du da angeschleppt? Schnell! Ich muss schnell antworten. »Versuch es einfach! Vielleicht erzähle ich dir dann auch von meinen Träumen.« Sag jetzt das Richtige,

Bastian, bitte sag das Richtige. Dann komme ich auch mit auf einen Flug mit deinem Drachen.

»So viel Zeit hast Du nicht, um dir das anzuhören.«

Bingo! Bastian, wer bist Du? Wo kommst Du her? Was hast Du erlebt? Erzähl mir alles. Erzähl mir alles mit deiner schönen Stimme. Jetzt gleich, ich will alles wissen. »Nun, es ist Freitag Abend. Genau genommen habe ich zwei Tage Zeit«, höre ich mich sagen. Das war ein Angebot. Ich habe ihm gerade ein Angebot gemacht. Zu allem Überfluss auch noch ein zweideutiges. Verdammt! Aus dieser Nummer komme ich nie wieder raus. Mandy!

»Na, dann sei dieses Wochenende mein Gast.«

Stille.

Was? Du lädst mich ein? Zu dir? Ich versuche, nicht zu sehr an seinen Lippen zu hängen. Lächeln ist gerade das Einzige, was ich noch hinbekomme. Alle scheinen sich vor seinem Vorstoß mindestens genauso erschrocken zu haben wie ich. Aber er scheint es ehrlich zu meinen. Noch immer ist kein Funke eines Abschleppinteresses in seinen Augen zu sehen. Kein Funke! Ich vertraue darauf und sage: »Das könnte wirklich interessant werden. Gerne«, und bereue es sofort wieder. Kind, was tust du denn da? Ein wildfremder Mann, geschickt darin, Frauen klar zu machen, und du fällst darauf rein. Ganz toll. Prima!

»Gehen wir in die Lounge? Da kannst Du entscheiden, ob es sich lohnt, dein Wochenende zu opfern.« Das war nun wirklich der Satz, der ihn glaubwürdig erscheinen lässt. Er gibt mir die Möglichkeit zum Rückzug. Das gab es wirklich noch nie. Sein Freund klopft ihm auf die Schulter und verabschiedet sich. Es sieht fast väterlich aus. Gleichzeitig drehen sich auch meine Mädels weg. Nein! Ich brauche euch! Mandy winkt mir mit ihrem Smartphone zu. Die Regel bei unbekannten Männern, wie war sie noch gleich? Jede Stunde einen Like-Daumen oder war es jede halbe Stunde? Ich weiß es nicht mehr. Es war bei mir noch nie nötig gewesen. Aber eines weiß ich noch. Beim ersten Daumen nach unten werden sie Himmel und Hölle in Bewegung setzen. Das ist sicher.

»Die Lounge?«, fragt er, als ich ihm mutterseelenallein gegenüber stehe. Nicken und Lächeln, mehr kann ich gerade nicht. Ziemlich schnell dreht er sich um und geht los. Ich folge ihm. Ich folge ihm! Ich gehe einem Mann hinterher in ... die Knutschecke. Nein! Bitte nicht das! Oh nein! Bastian, sei ein netter Kerl, bitte! Er steuert auf das hinterste Sofa zu. Gut, um ungestört reden zu können, gut, um ... ich will gar nicht daran denken.

Wir sitzen, er sieht etwas unsicher aus und fragt: »Was willst Du denn wissen?«

»Erzähl mir von deinen Träumen, wenn sie so toll sind wie Du sagst.«

»Toll ist vielleicht das falsche Wort, gruselig und beängstigend trifft es da schon eher.« Gruselig und beängstigend? Wer um alles in der Welt bist Du? »Dann eben die«, antworte ich und meine Neugier kennt keine Grenzen mehr.

»Ich muss gestehen, ich werde mich kurz sammeln müssen, überlegen, wo ich anfange. Gib mir bitte einen Moment. Magst Du mir so lange von deinen Träumen erzählen?«

Wow, jetzt hat er mich endgültig. Was kommt denn da alles? Wen hat Mandy denn da nur aufgetan? Ein letzter kleiner Zweifel bleibt, deshalb werde ich seiner Bitte zwar nachkommen, aber nur so weit, dass ich an seiner Reaktion herauslesen kann, ob er nur so tut, vielleicht spielt er doch nur mit mir. Immerhin soll sich unser Gespräch um mein Innerstes überhaupt drehen. Ich bin bereit, es ihm zu erzählen, wenn er es auch tun wird. Ich muss sichergehen, verwende Worte, für die ich vor ein paar Hundert Jahren noch auf dem Scheiterhaufen gelandet wäre. »Kurz und auch nur, damit Du überlegen kannst und einen Eindruck gewinnst, was später auf dich zukommt, wenn Du mich mit deiner Geschichte überzeugst. Es sind keine Träume, die ich habe, es sind eher Visionen. Sie umgeben mich, während ich schlafe, und ich kann sie sehen, auch sie sind eher beängstigend und gruselig und teilweise auch schon eingetreten.« Er hängt an meinen Lippen. Er scheint jedes meiner Worte begierig nach Wissen in sich aufzusaugen. Ich darf nicht zu viel verraten. Erst er. Erst soll er berichten, dann entscheide ich, ob Mandy einen Daumen nach oben oder einen Daumen nach unten bekommt. »Also«, sage ich, »geht's jetzt los?«

»Ja, dann will ich mal«, sagt er und stockt sofort wieder. Los, Bastian! Ich bin neugierig. Rede! Jetzt!

»Ich habe das wirklich noch niemals irgendwem erzählt. Nicht einmal meiner Mutter. Ich weiß gar nicht, wo ich anfangen soll, denn ich habe wirklich einiges mit meinen Träumen erlebt. Du denkst jetzt bestimmt, ich druckse herum. Aber nein. Ich muss gerade viele Jahre durchdenken, den Anfang finden.« Du kennst den Anfang nicht? Du weißt nicht, wie es angefangen hat? Was er sagt, klingt ehrlich. Aber irgendwie bin ich enttäuscht, beginne die Lust zu verlieren.

»Willst Du dieses Bier überhaupt trinken?«, fragt er. Das Bier!? Bastian, bitte! Das hast Du jetzt nicht gesagt. Wen interessiert denn dieses blöde Bier? Ich interessiere mich für dich. Zumindest habe ich das bis eben gerade.

Um ihm eine Antwort zu geben, schüttele ich den Kopf. Ich senke meine Augen und will nach Hause. Ich weiß, dass er mir meine Enttäuschung ansieht. Vielleicht hilft das. Bitte, Bastian, sei der, für den ich dich gehalten habe.

»Okay, was möchtest Du trinken? Ich hole es, und dann geht es wirklich los. Versprochen! Wenn ich nach deinem ersten Schluck nicht angefangen habe, dann vergiss das hier einfach. Okay?« Er stottert, ganz leicht nur. Bin ich eine Nummer zu groß für dich? Glaubst Du das wirklich? »Ein Wasser«, sage ich. Zu leise eigentlich.

»Lauf nicht weg! Bitte!« Er bettelt!? Jetzt bin ich endgültig desinteressiert. Was soll denn jetzt noch kommen? Ein Small Talk über das Wetter? Ein Kartentrick? Ein Versuch, mich zu küssen? Anzufassen? Geübt im Umgang mit Frauen ist er jedenfalls nicht. Ganz im Gegenteil. Er scheint wirklich in Panik zu sein. Das ist nicht schön für ihn, aber ich bin mit Sicherheit nicht die, die es ihm beibringen wird. Ein bisschen tut er mir ja leid, nur … Ach, ich weiß ja auch nicht. Eigentlich habe ich ja gut reden. Ich bin auch nicht gerade ein männeraufreißender Vamp. Trotzdem. Das Lichtlein ist erloschen, bevor es richtig entzündet war. Schade, Bastian. Wirklich schade. Ich werde diesen ominösen

Schluck Wasser sofort trinken, wenn er kommt. Dann ist es vorbei. Es wird besser sein.

Ein Glas Wasser erscheint vor meinen Augen. Ich nehme es augenblicklich und führe es zum Mund, um daraus zu trinken, komme aber nicht dazu. Fast schon ein wenig panisch sagt er: »Ich werde heimgesucht von einer Hexe und einer Hand. Schon immer, schon als Kind. Vorgestern waren sie auch da.« Gerade will ich mir darüber Gedanken machen, die Worte wirken lassen und komme auch nicht dazu, denn er setzt sich mir gegenüber. Er hat sein Shirt verkehrt herum an und sieht damit zum Schießen aus. Das war Mandy, fährt es mir sofort durch den Kopf. Wenn ich ihn jetzt abserviere, bekomme ich von ihr ein Donnerwetter, das sich gewaschen hat. Mist! Sie weiß, wie sehr ich es hasse, im Partnerlook zu gehen. Deshalb ziehe ich ja auch immer diese Shirts an. So etwas tragen die Mädels nie und mir ist egal, ob es unsexy ist. Armer Bastian. Musstest Du es direkt an der Bar wechseln? Ich kann mir das Grinsen nicht länger verkneifen, und wieder tut er mir leid, weil ich ihn nun auslache. Na gut, eine Chance noch. Eine!

»Hast Du Mandy getroffen?«

»Ja.«

»Das sehe ich. Du hast es getan. Warum?«

»Es war logisch. Wer will schon beim ersten Date im Partnerlook umherlaufen.« Ihn als ungeübt und ungeschickt zu bezeichnen, war wohl die Untertreibung des Jahres. Gut, das war es, egal wie sauer Mandy sein wird.

»Date?«, frage ich.

»Na ja, bislang wohl eher nicht.«

»Stimmt«, lautet meine Antwort, und ich bin froh, den richtigen, völlig desinteressierten Ton getroffen zu haben.

»Möchtest Du überhaupt noch etwas von meinen Träumen wissen, oder möchtest Du lieber gehen?« Merkt er nicht, dass es zu nichts führt? Er tut mir immer mehr leid und fängt an, sich im Kreis zu drehen.

»Gibt es denn überhaupt etwas zu berichten?«

»Das gibt es, aber es ist viel. Viel zu viel. Und das hier ist eigentlich nicht die richtige Umgebung.« Er scheint wirklich völlig verklemmt zu sein. Aber mit der Umgebung hat er schon recht. Ich ziehe es noch ein wenig in die Länge, damit er von selbst merkt, wie aussichtslos es ist. Hoffentlich merkt er das auch bald. »So, was wäre denn die richtige Umgebung?«

»Keine Bar! Draußen wäre es gut. Beim Gehen.«

»Draußen!? Beim Gehen!?«

»Das ist ein uralter Trick, um seine Gedanken zu ordnen. Ich glaube, sogar Aristoteles hat das schon so gemacht.« Echt jetzt? Du kommst mir mit Aristoteles? Dein letzter Rettungsanker ist die Philosophie? Hat

Fuchur dir das schnell gesteckt? Kleiner, schüchterner und am Ende doch interessanter Bastian. Was soll ich nur mit dir machen? Jemandem, der mit den alten Meistern kommt, darf man nicht einfach so gehen lassen. Das verstößt gegen die Regeln. Also Bastian, deine aller - aller - allerletzte Chance!

»Aristoteles hat also beim Gehen gedacht?«

»Ich habe davon gelesen. Ist lange her.«

»So etwas liest Du?«

»Klar, warum nicht?« Endlich, Bastian, endlich wieder eine richtige Antwort. Du tust mir nichts an, wenn ich mit dir verschwinde, das weiß ich. Also lass uns wenigstens draußen die schöne Nacht genießen. »Gut, Bastian. Gehen wir. Ich muss nur den Mädels Bescheid geben.« Ich hole mein Handy und tippe eine Nachricht an Mandy. Sie ist online. Natürlich ist sie das. Wir gehen spazieren, tippe ich und augenblicklich erscheinen ein Daumen nach oben und einer nach unten, gefolgt von etlichen Fragezeichen. Keine Ahnung, antworte ich und stecke das Smartphone wieder in meine Hose.

Es ist der erste Freitag im August, vor der Tür empfängt uns eine der letzten warmen Sommernächte. Im Schein der Laternen gehen wir los. Bevor jetzt das große, peinliche Schweigen ausbricht, versuche ich, seine Wissenslücken um Aristoteles aufzufüllen. »Lykeion«, sage ich, und er schaut mich fragend an. »Die Schulen des Aristoteles. Sie waren als Gärten angelegt, in denen seine Schüler beim Gehen besser denken sollten. Er nannte sie Lykeion.«

»Jetzt habe ich es«, sagt er in einem maximal entspannten Tonfall. War ich vorhin noch von seiner Stimme angetan, so bin ich nun süchtig, und mit ebendieser Stimme fängt er endlich an zu reden.

Kapitel 2

»Ich fürchte, ich muss etwas weiter ausholen. Hoffentlich hast Du wirklich so viel Zeit«, sage ich und werde gerade ein Fan von Aristoteles.

»Habe ich«, antwortet sie mit fast zärtlicher Stimme.

»Kennst Du das Haus gegenüber vom Kino? Das an die Stadtmauer grenzt?«

»Klar, was ist denn damit?«

»Da bin ich aufgewachsen. Dieses Haus reicht tiefer in den Boden, als man glauben mag. Es hat einen Keller unterm Keller unterm Keller.« Die Nacht ist schön, und während ich ihr von den tiefen Kellern aus alter Zeit berichte und wie ich mich als Kind mit einer Taschenlampe bewaffnet dort ins schwarzdunkle Nichts hinunter wagte, beleuchtet der Mond ihr Gesicht. Sie geht neben mir wie ein wahrgewordener Traum und ich hoffe, nie wieder aufzuwachen. Ich muss alles erzählen, einfach jedes Detail, damit dieser Moment so lange wie möglich anhält. Also berichte ich von weiteren kindlichen Versuchen, dem Geheimnis des dritten Kellers auf den Grund zu gehen. Auch von dem eigentlichen Grund, der mich in dieses Dunkel trieb, vor dem bis dahin auch der Fortschritt der Elektrifizierung Halt gemacht hatte. Ich berichte von dem alten abgegriffenen Handlauf an der Treppe in den ersten Keller. Er war uralt und fühlte sich schon gar nicht mehr nach Holz an, so glatt war er von unendlich vielen Berührungen geworden. Der Keller war komplett aus Naturstein gemauert, dem selbst die Salpeterausblühungen wohl erst in Hunderten Jahren etwas anhaben werden. Die Stufen der Steintreppe waren ebenso von filzbesohlten Hausschuhen im Laufe vieler Jahre glatt poliert worden. Der erste Keller war leicht verwinkelt und sonst nichts Besonderes. Aber direkt neben dem Kellerraum, in dem wir unsere Kohlen lagerten, führte eine Treppe nach unten ins Dunkel, ins Nichts. Ich erzähle ihr von den Dingen, die ich am unteren Ende der Treppe zum zweiten Keller sehen konnte. Es gab keine Tür, es war einfach nur eine Treppe hinab in einen dunklen Raum. Schemenhafte Schatten schienen dort in der Finsternis zu leben und mich zu beobachten, wenn ich am oberen Ende der Treppe stand. Sie kamen hervor, sobald ich mich abgewandt hatte. Wenige Male konnte ich sie im Augenwinkel noch bemerken. Oft stieg ich mit meiner kleinen Taschenlampe hinab, um am Ende doch nur erneut festzustellen, dass es keinen Weg in den untersten Keller gab, den Keller unterm Keller unterm Keller. Lediglich eine Öffnung in Form eines kleinen Bogenfensters ließ mich einen Blick in ein überschwemmtes Gewölbe werfen, an dessen Ende ich eine Art Gang ausmachen konnte. Leider habe ich nie herausfinden können, wo dieser Gang hinführt.

»Das klingt echt gruselig«, unterbricht sie mich leise.

»War es auch, und hätte ich gewusst, was passieren wird, ich wäre niemals auch nur in den obersten Keller gegangen.«

»Was ist denn passiert?«

»Nun, man könnte einfach sagen, ich sei ohnmächtig geworden. Man könnte aber auch sagen, ich hätte die Schatten gefunden. Oder noch besser könnte man sagen, sie haben mich gefunden.« Die Straße, die wir entlanggehen, trennt den Stadtpark in zwei Hälften. Bäume im Mondlicht einer warmen Sommernacht umrahmen das Bild meiner schönen Begleiterin. Wir biegen ab, betreten den Park und ich rede weiter, berichte von diesem winzigen Licht, so klein wie ein Staubkorn und so hell, als würde es von der Sonne beschienen, was nicht sein konnte, denn kein Tageslicht konnte bis in diesen Keller vordringen. Ich erzähle, wie ich auf das Licht zuging und es direkt auf meiner Nase landete und wie sehr ich diesen Moment genoss und den Eindruck hatte, diesem winzigen, leuchtenden Staubkorn würde es auch gefallen. Dann aber, mit einem Mal schoss es mir direkt in den Kopf und entfachte in mir ein wahres Gewitter aus Millionen von bunten Blitzen. Wie ich zu Boden gegangen sein muss und später in dem Keller aufwachte, panisch nach der kaputten Taschenlampe suchte, durch das Dunkel des Kellers eine gefühlte Ewigkeit nach dem Ausgang tastete und fluchtartig in unsere Wohnung im zweiten Stock rannte, um mich den Rest des Tages in meinem Zimmer zu verschanzen. Ich wusste, dass irgendetwas Schreckliches mit mir geschehen war, nur konnte ich nicht einmal ansatzweise begreifen, was es sein konnte. »In der folgenden Nacht waren sie zum ersten Mal bei mir.«

»Die Hexe und die Hand?« Sie hat es vorhin also doch verstanden und nun klingt sie bei ihrer Frage so unfassbar ehrlich und ohne jeden Zweifel an der Ernsthaftigkeit meiner Geschichte. Eigentlich müsste ich an ihrem gesunden Menschenverstand zweifeln. Aber es ist meine Geschichte, die sie zu glauben scheint.

»Genau. Die Hexe und die Hand.« Ich bleibe stehen, wende mich ihr zu, schaue sie ein wenig prüfend an. »Du kaufst mir das wirklich ab? Ich habe das wirklich noch niemals jemandem erzählt. Hört sich das nicht völlig verrückt oder wenigstens erfunden an?«

»Du kennst meine Geschichte noch nicht.«

»Noch schräger als das, was ich dir gerade auftische?«

»Anders«, sagt sie, während der Mond am Horizont immer größer zu werden scheint und zwischen den Bäumen des Parks sein letztes Licht für diese Nacht verteilt.

»Nun, es wird noch ein wenig unglaublicher und ich bin unsicher, ob du dir das wirklich antun möchtest.«

»Glaub mir, es gibt für mich kaum ein interessanteres Thema.«

»Na gut, gib mir aber bitte Bescheid, wenn es dir zu dumm werden sollte.«

»Das mache ich, aber es wird mit Sicherheit nicht passieren.«

Ich weiß gerade nicht, was ich von dir halten soll, schöne Kerstin, die mit mir im Mondlicht spazieren geht. Ich weiß gerade nur, dass ich nicht möchte, dass diese Nacht jemals endet. Also fahre ich mit meiner Geschichte fort. Damit, wie die Hand sich in meinen Träumen zu mir schlich, um mir Dinge zu stehlen und um sich dann von mir jagen zu lassen. Überall hindurch konnte sie zu mir kommen, durch Türschlösser und kleinste Ritzen in Holz konnte sie gelangen. Sie muss nicht laufen wie das eiskalte Händchen aus dem Film. Sie schwebt im Raum, als gehöre sie zu einem unsichtbaren Körper und blau ist sie, meistens jedenfalls. Doch die Hölle kam über mich, wenn ich es schaffte, sie zu fangen. Dann kam sie, die Hexe. War sie erschienen, gab es für mich kein Entrinnen. Ich war unfähig, mich zu bewegen oder wenigstens zu schreien, und mein Traum endete auf immer gleiche Weise. Die Hexe warf mich um und wurde laut und hell. Ich lag auf dem Bauch, mein Gesicht wurde von der lachenden Hand gegen den Boden gepresst. In meinem Rücken erhob sich ein Lärm, den ich bis heute nicht beschreiben kann, es war laut, unerträglich laut. So laut, dass mir der Kopf hätte platzen müssen. Und es wurde hell hinter mir. Ein Licht wie von tausend Sonnen. Das war dann immer der Punkt, an dem ich aufwachte. Wenn ich versuchte, mir die Hexe vorzustellen, so war sie eine wunderschöne Frau und ich konnte mir nie erklären, wie etwas so Schönes derart böse sein konnte. Wieder bleibe ich stehen und wieder schaue ich Kerstin prüfend an. Sie wartet nicht, bis ich etwas frage, und sagt sofort: »Du kennst meine Geschichte nicht. Noch nicht, Bastian.« Ich schaue in ihre Augen, versinke in ihnen. Meine Hände stecken in den Hosentaschen. Ohne nachzudenken hebe ich den rechten Ellenbogen an, strecke ihn in ihre Richtung, hoffe, sie versteht die Geste und wird das Angebot annehmen. Sie tut es tatsächlich, hakt sich bei mir ein und geht nun ganz dicht bei mir. Ich fühle mich leicht. Schwerelos und einzig erfüllt von ihrer Anwesenheit lege ich nun auch die letzte Scheu ab und bin mir sicher, ihr alles erzählen zu können, ohne dass sie mich für bescheuert hält. Sie hört mir wirklich neugierig zu, als ich nun auch von meinen schönen Träumen erzähle. Von denen, in denen ich durch die Straßen unserer Stadt flog, durch diesen Park, durch die Tore des alten herzoglichen Schlosses, durch enge Gassen und über die Märkte bis hin zu den Wasserspielen am Schlossberg. Die Schule, in die ich ging, war von ausgewählt erhabener Jugendstil-Architektur. Hohe Räume, Säulen, breite Treppen, Marmorböden in den Wandelhallen und schwere Eichentüren brachten mich auch tagsüber eher zum Träumen als zum Lernen. Nachts kehrte ich regelmäßig in diese Mauern zurück. Ich flog durch die Gänge und Hallen, drehte Saltos in der ehrwürdigen Aula mit ihren riesigen Bogenfenstern, die geradezu sakral auf mich wirkten. Nie geflogen bin ich im Musikkabinett. Einem kleinen Hörsaal, der aufgrund seiner Lage neben der Aula ebenfalls über eines dieser herrlichen Fenster verfügte. Ich hatte wohl zu viel Ehrfurcht vor der Musik, die man mir hier mithilfe des großen schwarzen Flügels näherbringen wollte. Im Musikkabinett saß ich nur vor dem Fenster und lauschte den Klängen, die sich im Laufe vieler Jahre in den Wänden festgesetzt hatten und nur in meinen

44

Träumen ihren Weg zurück in meine Ohren fanden. Auch hoch oben über der Stadt bin ich geflogen, vom nächtlichen Himmel konnte ich auf die Häuser und die schlafenden Menschen herabsehen. Nur das Haus, in dem ich wohnte, war auch in meinen schönen Träumen stets von einem Schatten bedeckt. Dort wartete das Grauen auf mich, es kannte mich und war immer bereit, aus dem Keller unterm Keller unterm Keller zu mir zu kommen. Ihr Arm löst sich von mir, als wir uns auf die Bank am kleinen Parkteich setzen. Kein Mensch ist hier. Nur das Konzert einiger Frösche, das leise Plätschern, wenn einer von ihnen ins Wasser springt und der Flügelschlag eines davonfliegenden Vogels geben dieser wundervollen Nacht eine Geräuschkulisse. »Es gibt auch eine Begebenheit außerhalb meiner Traumwelt, die trotzdem sehr eigenartig war. Irgendwie gehört sie zu meiner Geschichte dazu. Möchtest Du die auch hören?«, frage ich.

»Wenn sie dazu gehört, natürlich.« Ihre Hand bahnt sich wieder den Weg zwischen meinen Körper und meinen Arm, um sich nun auch im Sitzen wieder einzuhaken. Jede Unsicherheit, die ich in der Bar noch hatte, ist verschwunden, hat sich in nichts aufgelöst. Ich fühle mich so sicher, wie ich es noch nie in Gegenwart einer Frau gewesen war und beginne ihr von dem Buch zu erzählen, dem siebten Buch Mose, welches ich mit Ralf zusammen aus einer Laune heraus gekauft hatte. Wir waren neugierig, mit welchen verrückten Mittelchen die Menschen früher Dinge beeinflussen wollten. Warum gerade ich es gekauft hatte und nicht er war wohl eher Zufall, aber nur Wochen, nachdem ich es gekauft hatte, änderte sich mein Leben und ich hatte eine Pechsträhne sondergleichen. Meine damalige Freundin hat aus heiterem Himmel Schluss gemacht. Ich habe eine wichtige Klausur verhauen und es sollte nicht die letzte sein. Am Ende musste ich sogar mein Studium aufgeben, weil ich von heute auf morgen nicht einmal mehr ansatzweise mitgekommen bin. Nach einigen Jahren erzählte ich einer Bekannten von meiner Pechsträhne und auch von diesem Buch. Daraufhin erhielt ich eine Lehrstunde im Umgang mit mystischen Dingen. Denn offenbar war seit jeher jeder Mensch verflucht, der dieses Buch in ein Haus brachte. Oftmals suchten sich die Menschen Auswege, um dem Fluch zu entkommen. Manche ketteten es auf dem Dachboden an den Schornstein und versteckten den Schlüssel außerhalb des Hauses. Andere brachten es gar nicht erst in ihr Haus, sondern nutzten Verstecke in der Natur oder gruben Löcher in der Nähe des Hauses, in die sie das Buch legten. Wie ich den vermeintlichen Fluch brechen könnte, vermochte sie mir leider nicht zu sagen, wohl aber, dass ein einfaches Wegwerfen oder Verbrennen definitiv nicht ausreichen würde. Mit diesem Wissen bewaffnet, wollte ich nur noch nach Hause und irgendetwas mit diesem Buch anstellen. Ich stieg in mein Auto und dachte sehr angestrengt darüber nach, wie ich es wieder aus meinem Leben bekommen könnte. Es war ein warmer Tag und die Sonne schien, als ich über die enge Landstraße fuhr. Kurz vor einer Kurve hatte ich so etwas wie einen hellen Moment und nahm den Fuß vom Gas. Normalerweise hätte ich diese Biegung auf der Ideallinie und mit maximaler Geschwindigkeit genommen, aber irgendetwas hielt mich zurück und das war auch gut so. Denn der Fahrer des schwarzen Wagens, der in der Gegenrichtung fuhr, hatte diesen hellen Moment nicht. Ebenso wenig hatte er sein Fahrzeug unter Kontrolle und kam mir aus der Kurve heraus entgegengeschleudert. Der Wagen schoss sich drehend an mir vorbei. Glücklicherweise war der Straßengraben nicht sehr tief und ich konnte ein Stück nach rechts ausweichen. Trotzdem kann ich mir bis heute nicht erklären, warum wir auf dieser engen Straße nicht zusammengestoßen sind. Es erschien mir unmöglich, aber es war nichts passiert und alles, was ich wahrnehmen konnte, war ein sich drehendes, schwarzes Auto mit schwarzen Scheiben, welches sich auch sogleich vom Ort des Geschehens entfernte. Zu Hause angekommen verlor ich keine Zeit und nahm das Buch, um mit ihm in den Keller zu gehen. Am liebsten hätte ich es zu seinesgleichen in den untersten Keller geworfen, wo es vom Wasser langsam und qualvoll zerstört worden wäre. Aber wir waren schon Jahre zuvor umgezogen. Ich hatte keinen Zugang mehr zum Keller unterm Keller unterm Keller. So sehr ich mich als Kind vor ihm gefürchtet hatte, so sehr vermisste ich ihn mittlerweile. In dem Haus, in dem wir seither wohnten, gab es zwar einen Keller, aber das Haus war neu, sein Keller hell und von Neonlicht durchflutet. Uns war ein kleiner Holzverschlag zugeteilt. Ich durchforstete unser Abteil nach einer Möglichkeit, das Buch unschädlich zu machen, und wurde fündig. Mein Vater hatte doch tatsächlich noch ein Stück einer alten Kette und ein Vorhängeschloss in einem Karton. Ich legte meinen Fluch also regelrecht in Ketten, sicherte ihn mit dem Schloss und versteckte ihn so gut es ging unter all den Kartons in unserem Abteil. Den Schlüssel habe ich direkt in einer Mülltonne entsorgt.

»Bis hier ist noch nicht viel Ungewöhnliches passiert. Das alles können auch Zufälle sein«, unterbricht mich Kerstin leise.

»Das stimmt, diese Begebenheit hat ihr Ende auch erst viel später und es ist nicht die Letzte, wohl aber die Einzige dieser Art. Jahre später, meine Eltern waren gerade erneut umgezogen, und ich wohnte schon nicht mehr bei ihnen, erkundigte ich mich nach dem Buch. Ein Buch in Ketten musste beim Leeren des Kellers doch aufgefallen sein und außerdem waren sie die Einzigen, die Zugang zum Keller hatten, aber sie wussten nicht, wovon ich sprach. Das Buch war verschwunden und ist seither nicht wieder aufgetaucht.« Auf einmal scheint es mir, als würde ich aufwachen. Ganz auf meine Geschichte und meine schöne Begleiterin konzentriert, kann ich mich nicht mehr erinnern, wie wir von der Bank am kleinen Parkteich aufgestanden sind und den Park verlassen haben, denn längst schon schlendern wir durch die Innenstadt an schlafenden Geschäften vorbei, ohne uns für die Schaufenster zu interessieren. Es fühlt sich an, als wäre ich aus einem wundervollen Traum erwacht und direkt im nächsten gelandet, ohne mich an den ersten erinnern zu können. Der Brunnen auf dem Marktplatz speit sein Wasser rund um die Uhr aus dem Maul eines Löwen in das große Bassin und erzeugt damit das einzige Geräusch neben unseren Stimmen. »Mir sind noch mehr eigenartige Dinge passiert. Es ist wirklich einiges. Möchtest du lieber nach Hause und ich erzähle dir den Rest ein anderes Mal?«

»Ich sagte doch, ich habe zwei Tage Zeit und Du hast mir angeboten, dein Gast zu sein. Darf ich das noch?«

»Natürlich darfst Du.« Mein Herz macht einen Sprung, setzt aus, springt wieder an, schlägt weiter, schneller, kräftiger. Sie hält daran fest! Ich fasse es nicht. Aber wie soll es jetzt weitergehen? Kaum gedacht, gibt sie mir die Antwort auf diese Frage: »Wohnst Du weit weg und verträgt deine Wohnung wirklich einen Schlafgast auf dem Sofa?«

»Den verträgt sie. Ich müsste morgen früh nur vielleicht Brötchen oder Toast besorgen.«

»Na, dann bin ich gerne dein Gast, wenn ich wirklich darf.«

»Klar darfst du! Wir müssen aber noch ein ganzes Stück gehen. So lange erzähle ich dir von dem eigenartigsten Traum, den ich je hatte, mal abgesehen von denen mit der Hexe und der Hand. Dieser Traum hatte mich an einen Ort geführt, an dem zu diesem Zeitpunkt tatsächlich etwas passiert war. Eigentlich schäme ich mich auch ein wenig dafür, diesen Traum gehabt zu haben.« Ihre Hand ist noch immer unter meinem Arm eingehakt. Ich schlage einfach den Weg zu meiner Wohnung ein, fühle mich wie neugeboren und erzähle von dieser Nacht, in der ich bei meinen Eltern übernachtete, weil am nächsten Tag ein Familienfest stattfinden sollte. »Es war der realste Traum, an den ich mich bis heute überhaupt erinnern kann. Ich wurde verfolgt. Ich rannte durch Straßen und enge Gassen einer sehr großen Stadt, sprang über

Dächer, versteckte mich in Parks und in der Kanalisation. Auch mit der U-Bahn wollte ich meinen Verfolgern entkommen, aber es schien aussichtslos. Ich traf regelmäßig auf Menschen, die auch in der Stadt waren. Anfangs bat ich sie, mir zu helfen oder wenigstens den Weg zu zeigen, aber sie standen einfach nur da, sagten kein Wort, sahen mich an und schienen selbst mit der ganzen Situation überfordert zu sein. Überall in der Stadt standen die Menschen einfach nur da. Später flehte ich einige von ihnen sogar auf Knien an, mir zu helfen, aber nichts geschah. Ich rannte weiter und versuchte irgendwie zu entkommen.«

»Stopp!«, unterbricht sie mich. »Bastian, bevor Du weiterredest, das ist jetzt wirklich verrückt, aber weißt Du, welche Stadt es war?«

»Ja, leider. Deshalb ist es mir auch eigentlich ein wenig unangenehm, darüber zu reden.«

* * *

Ich bin stehen geblieben, löse mich von seinem Arm. Mein Herz rast. Wie kann das möglich sein? War er es wirklich? Hatten wir denselben Traum? Haben wir uns dort gesehen? Ich muss sicher sein, ich darf ihm die Antwort nicht in den Mund legen. Ich muss sichergehen! Während meine Gedanken noch mehr rasen als mein Herz, steigt der Druck in meinen Augen. Eine Träne findet ihren Weg über meine Wange, während ich ihm viel zu deutlich versuche zu erklären, was jetzt sein muss. »Bastian, bitte! Das ist jetzt wirklich wichtig! Antworte nur mit ja oder nein. Versprich es mir!«

»Natürlich«, sagt er, und mir scheint es, als ob es in ihm gerade ähnlich aussieht wie in mir.

»Ist jemand gestorben?«

»Ja.« Sein Kopf sinkt herab.

»Pass auf, damit wir sicher sind, sagen wir jetzt gleichzeitig, wer gestorben ist und wo es passierte. Du die Stadt und ich die Person. Okay?!«

»Das ist wohl das Beste, könnte aber peinlich werden, wenn es nicht funktioniert. Dennoch habe ich gerade ein sehr eigenartiges Gefühl bei der Sache.«

»Ich auch. Also auf drei.« Es kommt mir vor, als würde ich das letzte und wichtigste Ereignis meines Lebens anzählen. »Eins - zwei - drei!«

»Paris.«

»Lady Di.«

Wir stehen uns gegenüber und starren uns an, versuchen zu verstehen, was gerade passiert, wem wir da gerade in sein erschrockenes Gesicht schauen. »Es war genau in der Nacht, oder?« Er nickt nur. Meine Tränen laufen einfach, während mir meine Hände reflexartig den Mund zuhalten. »Verdammt, Bastian! Ich war da!«, stammle ich. »Ich habe jemanden gesehen, ich stand an einer Straßenkreuzung und hatte keine Ahnung, warum ich in einem Traum mitten in Paris herumstehe. Dann kam ein Mann angerannt und flehte auf Knien, dass ich ihm helfen solle. Viele andere waren da. Aber alle schienen nur zu beobachten. Keiner rührte sich. Nur einer rannte offenbar um sein Leben. Das musst dann wohl Du gewesen sein.«

»Was passiert hier?«

»Ich weiß es nicht. Aber ich glaube, es ist etwas extrem Erstaunliches.« Alles in mir ist in diesem Moment auf ihn gerichtet. Ich habe das dringende Bedürfnis, ihn anzufassen, mich dafür zu entschuldigen, dass ich ihm in diesem Traum nicht geholfen habe. Ich möchte mich von ihm halten lassen, von meiner zufälligen Traumbekanntschaft, von dem, der sein Shirt verkehrt herum trägt, von dem, mit dem ich gerade das Unfassbare erlebe. Ich löse meine Hände von meinem Mund, gehe einen Schritt auf ihn zu, langsam umgreife ich seine Taille, lasse meine Hände über seinen Rücken nach oben gleiten, um sie dann auf seine Schultern zu legen. Mein nasses Gesicht schmiegt sich an seine Brust. Er zögert kurz, hält mich dann aber fest und ich spüre seinen Atem in meinem Haar, bevor er vorsichtig sein Gesicht hineinlegt.

»Wer bist Du?«, flüstert er.

»Nur Kerstin und Du?«, hauche ich zurück.

»Nur Bastian. Ich glaube, wir haben uns noch sehr viel mehr zu erzählen. Lass uns gehen«, sagt er noch immer flüsternd. Ich nicke nur, löse einen Arm von ihm und wir gehen den Rest des Weges schweigend und uns haltend. Wohin führt uns diese Nacht? Alles wird sich ändern. Es steht praktisch schon fest. Jetzt erst fällt mir auf, dass der Mond untergegangen ist, oberhalb des gelben Laternenlichts müsste ein wunderschöner Sternenhimmel zu sehen sein. Irgendwann stehen wir vor einer Haustür. Vorsichtig löst er sich von mir, um seinen Schlüssel aus der Tasche zu ziehen. Alte Holzstufen geben knarrend unter unseren Füßen nach, während wir zu seiner Wohnung in den dritten Stock gehen. Egal wohin diese Nacht, dieses Wochenende führen wird, nichts wird mehr so sein, wie es noch vor wenigen Stunden war. Seine Wohnung ist für einen Mann recht angenehm eingerichtet. Er führt mich ins Wohnzimmer zu einem wahren Couch-Monster. So viel Bett haben andere Leute nicht, wie hier ein Sofa steht. Fünf Leute hätten darauf mit Leichtigkeit Platz. Ich ziehe meine Schuhe aus und mache es mir in einer Ecke des Sofas bequem. Nach ein paar Minuten kommt Bastian mit einer Flasche Wasser und zwei Gläsern zu mir. Er setzt sich mir gegenüber und schaut mich an, nachdem er die Gläser gefüllt und auf den kleinen Tisch gestellt hat, der in die Rückenlehne der Couch integriert ist. Ich meine, eine gewisse Fassungslosigkeit in seinen Augen erkennen zu können, und kann es nur zu gut verstehen. Allerdings bin ich ihm wohl eine Erklärung schuldig, auch wenn er seine Geschichte noch nicht beendet hat. »Ich glaube, ich bin am Zug. Ich sollte dir wenigstens ein paar Dinge erzählen.«

»Dann schieß mal los! Wie kommst Du in meinen Traum oder ich in deinen?«

»Das kann ich dir nicht beantworten. Aber ich werde dir erzählen, was ich weiß oder glaube zu wissen.« Ich beschließe auch ganz von vorn mit meiner Geschichte zu beginnen. »Das Erste, an das ich mich erinnere, ist, wie ich als Kind auf dem Dachboden meines Elternhauses stehend aufwachte. Es begann also mit Schlafwandeln, bei vielen Kindern ist das völlig normal, aber ich erinnere mich, wie ich auf den Dachboden gegangen bin. Nur dass alles anders ausgesehen hatte. Die Wände schienen in einem diffusen Licht zu leuchten, sie waren irgendwie transparent. Ich glaubte hindurchsehen zu können, wenn ich mich nur nah genug dran stellen würde. Allerdings habe ich mich nicht getraut und irgendwann bin ich einfach aufgewacht. Viele Jahre hat es gedauert, bis ich mich frei in dieser Traumwelt bewegen konnte. Irgendwann begann ich, an die Wände heranzutreten, zögerlich erst, schon bald aber formte ich aus meinen Händen einen Schutz gegen das Licht, lehnte mich an eine Wand wie an ein Fenster zu einem dunklen Raum und sah auf die andere Seite. Ich habe zu Anfang nicht verstanden, was ich dort gesehen habe. Kleine Lichter wie lebende Wesen, manche still, manche wild umherschwirrend. Leider sind diese Träume nur sehr selten. Ich sehne mich geradezu danach, den Nächsten zu erleben. Mittlerweile kann ich durch die Wände sehen, ohne mich dran zu stellen. Sie sind quasi nicht mehr existent. Die Welt dahinter ergießt sich regelrecht über mir und um mich herum, mit all ihren Qualen und ihren Freuden, ihren Monstern und ihren Engeln. Sie existiert um uns herum und ändert sich ständig. Manchmal ist es schön wie auf einer Südseeinsel und manchmal scheint es, als hätte alles Böse dieser Welt eine Form bekommen und es droht mich zu verschlingen. Eine Sache allerdings ist jedes Mal gleich. In diesen Träumen bin ich allwissend. Einiges von diesem Wissen konnte ich über all die Jahre merken. Ich weiß Dinge über Leben und Tod, die unvorstellbar sind. Jedenfalls glaube ich, das alles zu wissen, denn mein Verstand wehrt sich nach wie vor gegen diese Art von Erkenntnis. Bis heute jedenfalls. Ab heute gibt es berechtigte Zweifel. Weißt Du, bis zu unserem Traum hatte ich mit Paris nichts am Hut. Diese Stadt hatte mich überhaupt nicht interessiert. Dich etwa?« Bastian schüttelt den Kopf. Er hängt gerade einfach nur fassungslos an meinen Lippen. »Ich stand tatsächlich einfach nur an dieser Kreuzung. Mein Kopf war komplett leer. Ich hatte nichts von alledem verstanden. Überall standen Leute herum. Ich glaube tatsächlich, sie waren alle wie ich, also wie wir. Sie alle wurden in dieser Nacht von irgendetwas in ihren Träumen an diesen Ort geholt, um ... ich habe keine Ahnung. Vielleicht nur, um zu beobachten. Du glaubst gar nicht, wie ich mir den Kopf über dein Auftauchen zerbrochen habe. Zeitweise dachte ich, Du wärst der Geist von Dodi Al-Fayed.« Ein Grinsen huscht über sein Gesicht.

»Du meinst also, dass alle, die ich in diesem Traum gesehen habe, auch im echten Leben existieren und wir alle gerufen worden sind? Von wem oder was auch immer.«

»Wie sonst hätten wir uns da begegnen können? Oder anders gesagt, wieso hatten wir unabhängig voneinander in dieser Nacht diesen Traum und sind uns überdies darin begegnet? Das sind für mich einfach zu viele Zufälle. Aber ich habe nicht den Hauch einer Ahnung, wie es dazu kommen konnte.«

»Ich glaube, um das jetzt zu erörtern, ist die Nacht schon zu alt. Darf ich dich etwas anderes fragen?«

»Nur zu, was möchtest Du wissen?«

»Hast Du das schon einmal jemandem erzählt?«

»Nur Ma ... ach Mist ... Mandy! Ich hätte mich schon längst bei ihr melden müssen. Ich habe bestimmt schon tausend Nachrichten von ihr. Entschuldige bitte, ich muss das ganz schnell erledigen. Wir passen einfach nur ein wenig aufeinander auf.«

»Mach nur, wir haben Zeit.«

Ich versuche, mich auf diesem Couch-Monster zu bewegen, um an mein Handy zu gelangen, das ziemlich fest in meiner Hosentasche steckt. Mandy ist zuzutrauen, dass sie Bastians Freund gerade die Hölle heißmacht, weil ich auf keine ihrer etlichen Nachrichten antworte. Das Display wird hell und nun sollten alle Nachrichten geladen werden. Aber es passiert nichts. Muss ich mir jetzt Sorgen um Mandy machen? Ich schaue in unseren Chat. Sie ist online. Gut. Dann scheint sie Bastian zu trauen. Ich schicke einen Daumen nach oben und erwarte erneut einen wahren Nachrichtentsunami, der allerdings ausbleibt. Alles, was kommt, ist nur ein Herz. Danke, Mandy! Wir sind doch keine zwölf mehr! Sie schreibt etwas und zwei Sekunden später kann ich lesen: ‚Tu nichts, was ich nicht auch tun würde!‘ Also doch erst zwölf, gefangen im Körper einer Dreißigjährigen. Ich schicke die winkende Hand und den Smiley, der die Augen verdreht. Das sollte ihr reichen. Ich schalte das Handy aus und wende mich wieder meinem ... meinem!? ... Gastgeber zu. Er trägt sein Shirt noch immer verkehrt herum. Ich könnte ihn darauf hinweisen, könnte ihm sagen, dass er sich gerne wieder ordentlich anziehen kann. Aber dieses Shirt macht diese Nacht um einen weiteren Höhepunkt reicher. Nicht dass ich jemals vergessen könnte, was gerade geschieht, es ist nur ein weiteres besonderes Detail, an das ich mich für immer erinnern werde. »Also, ich habe es nur Mandy erzählt, aber auch nur oberflächlich. Sie weiß eigentlich nur, dass ich regelmäßig extrem verrückte Träume habe. Du hast es tatsächlich noch niemals jemandem erzählt?«

»Nein, ich habe eher an Zufälle geglaubt, daran, dass ich einfach eine ziemlich große Fantasie habe und hin und wieder eine Schlafparalyse erlebe.«

»Du hast Schlafparalysen?«

»Ja, immer wenn die Hand und die Hexe kommen. In den letzten Jahren hat es sich allerdings geändert. Sie sind im Laufe der Zeit weniger brutal geworden, mittlerweile scheinen sie mich zu irgendetwas auffordern zu wollen.«

»Das klingt jetzt wirklich spannend! Leider leidet meine Auffassungsgabe langsam unter der fortgeschrittenen Zeit. Was hältst Du davon, wenn wir morgen weitermachen?«

»Das ist eine gute Idee. Ich werde auch langsam müde. Ich zeige dir noch das Badezimmer. Rechts im Spiegelschrank liegen neue Zahnbürsten, nimm dir einfach eine.«

Kapitel 3

Klapp, eine Tür wird ins Schloss gezogen. Schritte entfernen sich eine Treppe hinunter. Langsam werde ich wach, realisiere, wo ich bin, was gestern passiert ist, und ziehe mir eine der drei Wolldecken über den Kopf, die mir mein fürsorglicher Gastgeber zum Schlafen gegeben hat. Erstaunlicherweise fühle ich mich wohl in meinen Klamotten, die nach Kneipe riechen, auf einem fremden Sofa und offensichtlich allein in einer fremden Wohnung. Bastian sagte ja gestern schon, er wolle noch Brötchen oder Toast besorgen. Blöd wäre es gewesen, wenn wir zu mir gegangen wären, und er wäre eben durch die Tür verschwunden. Aber die Dinge stehen etwas anders. Es ist seine Wohnung. Er muss also zurückkommen. Sieht ganz so aus, als würde ich mich darauf freuen. Ach, Bastian, ich bin so unendlich froh, dass du Aristoteles erwähnt hast. Sonst hätte ich dir wohl tatsächlich eine Abfuhr erteilt. Auf dem Weg ins Bad bleibe ich kurz an seinem Bücherregal stehen. Keine Philosophen, dafür aber Goethe, Schiller, Heine, Hesse. Auch gut. Während meiner Katzenwäsche fällt mir ein, dass es eventuell doch besser wäre, erst einmal nach Hause zu gehen, um später frisch geduscht wiederzukommen. Aber jetzt einfach gehen, das werde ich auf keinen Fall machen. Irgendwie habe ich auch überhaupt keine Lust zu gehen, es gefällt mir, in seiner Nähe zu sein. Ich spüre, wie mein Mund bei diesem Gedanken ein Lächeln formt. Zurück auf der Couch höre ich wieder Schritte treppauf diesmal, ein Schlüssel gleitet in ein Schloss, mein Herz pocht um einiges kräftiger. Langsam schleicht er in die Wohnung, offensichtlich will er mich nicht wecken. Dann erscheint sein Kopf in der Wohnzimmertür und ich begrüße ihn: »Guten Morgen.«

»Guten Morgen, ich hoffe, ich habe dich nicht geweckt. Hab nur ein paar Sachen für dich besorgt.« Er reicht mir einen Einkaufsbeutel. »Hier, das sollte dir erst einmal helfen, ich hoffe, die Auswahl ist okay.« Gespannt schaue ich in den Beutel. Mit allem habe ich gerechnet, aber nicht mit Duschgel, Shampoo, Spülung, Deo, Tampons und Slipeinlagen.

»Ich habe davon jetzt nicht so die Ahnung, aber die Kosmetik ist vegan, falls Du darauf Wert legen solltest. Ich kann dir noch ein Shirt und eine Jogginghose anbieten und würde Frühstück machen, während Du im Bad bist.« Am liebsten würde ich ihm gerade um den Hals fallen. Der schüchterne Junge von gestern Abend entpuppt sich immer als Traumtyp.

* * *

Die Küchentür öffnet sich und sie steht vor mir, in meinem Shirt und in meiner Jogginghose. Beides ein paar Nummern zu groß für sie, doch so sieht sie noch viel besser aus als gestern Abend. Mein Gott, was für eine schöne Frau. Allein die Tatsache, sie in meiner Wohnung zu wissen, ist schon mehr, als ich mir gestern Abend noch hätte erträumen können. Sie trägt keinen BH unter dem Shirt und bringt mich damit einigermaßen durcheinander. Aber das Thema, welches wir gleich wieder vertiefen werden, beschäftigt mich mindestens genauso sehr. Während ich ihr einen Kaffee einschenke, beginne ich zu erzählen. »Es hat mit der Hexe tatsächlich eine Art Entwicklung gegeben.« Kaum habe ich diesen Satz gesagt, durchbohrt sie mich vor Neugier mit ihren wunderschönen Augen, also fahre ich fort. »Früher hat die Hand eher mit mir gespielt, mich geärgert, bis dann die Hexe kam und ich, unfähig auch nur die kleinste Gegenwehr zu leisten, in ihrem Lärm und ihrem Licht Höllenqualen litt. Erstaunlich war, dass es geholfen hat, wenn ich umgezogen bin. Danach war immer für eine längere Zeit Ruhe, offensichtlich musste sie mich erst suchen. Aber gefunden hat sie mich immer. Irgendwann hatte ich dann meine erste Schlafparalyse. Ich wohnte in einer kleinen Wohnung auf dem Lande, es war ihr erster Auftritt dort. Und der war wirklich erschreckend. Ich wachte auf und spürte sie neben mir. Also sie stand im Zimmer, direkt neben meinem Bett. Ich war hellwach, konnte aber weder meine Augen öffnen noch irgendeinen anderen Muskel bewegen. Ihr Lärm war da. Noch lauter als jemals zuvor und er durchdrang mich, als wäre ich die Membran eines Lautsprechers. Die Hand war auch da, ich konnte sie auf meinem Gesicht spüren. Sie presste meinen Kopf in das Kissen und schien mir dabei Mund und Nase zuzuhalten. In meinem Inneren bekam ich solche Panik und Todesangst, aber nach außen hin sah es wohl so aus, als würde ich friedlich schlafen, doch ich versuchte, verzweifelt Luft zu bekommen, überall hatte ich Schmerzen, die Schwingungen, die der Lärm verursachte, schienen mich zerreißen zu wollen, als ob ich gleich wie ein Glas zerspringen würde. Es hat ewig gedauert, also ich tippe auf maximal eine Minute, aber eine Minute echte Todesangst ist schon eine gefühlte Ewigkeit. Dann ganz plötzlich war sie weg und ich konnte die Augen öffnen und mich bewegen. Mit einem lauten Schrei sprang ich aus dem Bett und fiel sofort auf den Boden, da ich für den Moment keine Kraft hatte, um mich auf den Beinen zu halten. Mein Puls muss weit über 200 gewesen sein und ich rang nach Luft, als wäre ich gerade dem Ertrinkungstod entkommen. Es war einfach nur die Hölle.«

»Ach du scheiße!«, sagt sie und trifft damit den Nagel auf den Kopf. »Wie oft kam das vor?«

»In dieser Heftigkeit? Zum Glück nie wieder. Wenn hinter dem ganzen tatsächlich mehr stecken sollte als mein durchgeknallter Verstand, wenn die Hexe doch in irgendeiner Art real sein sollte, dann hat sie an diesem Tag gemerkt, dass sie so nicht zum Ziel kommt. Was für ein Ziel sie auch immer verfolgen mag.«

»Was hat sie stattdessen gemacht?«

»Bei unseren nächsten Begegnungen stand sie einfach nur an meinem Bett. Die Hand lag wenn überhaupt nur auf meiner Schulter und sie taten beide nichts, außer da zu sein. Ganz ähnlich wie die Menschen in Paris. Das lief so einige Jahre bis zu dem Tag, an dem ich es zum ersten Mal geschafft hatte, einen Traum zu steuern. Ich war in einem Treppenhaus und musste wieder einmal fliehen, als mir bewusst wurde, dass ich träume. Also setzte ich mich im Schneidersitz auf den Fußboden und fing an, langsam nach oben zu schweben, um so meinen Verfolgern zu entkommen. Es gelang, ich stieg empor und flog einfach davon. Kaum war der Traum zu Ende und ich wollte aufwachen, war sie da. Sie rief mir etwas zu, aber ich konnte sie nicht verstehen. Die Hand rüttelte an meiner Schulter, als wolle sie mich aufwecken und die Hexe nahm meine Hand und zog daran. Sie zog so fest, als wollte sie mich aus dem Bett holen. Niemals zuvor hatte sie mich selbst angefasst.«

»Das ist in der Tat erstaunlich.« Kerstin hält die Kaffeetasse in beiden Händen. Zwischen uns die Reste des Frühstücks und eine erwartungsvolle Spannung, die fast greifbar ist. »Das ist es, zumal sie seither sehr viel umgänglicher ist. Meine normalen Träume hingegen werden immer verrückter. Es sind mitunter abgeschlossene Geschichten, von denen jede einzelne das Potenzial hat, verfilmt zu werden.«

»Vielleicht solltest Du mal ein Buch darüber schreiben.«

»Vielleicht. Das wäre tatsächlich eine witzige Idee.« Wir verlagern unser Gespräch wieder auf die Couch. Bei dem Anblick, den sie mir dabei bietet, fällt es mir zunehmend schwer, mich auf unser Gespräch zu konzentrieren, also setze ich mich direkt neben sie. So kann ich irgendwo anders hinschauen und bin ihr gleichzeitig so nahe wie gestern auf dem Heimweg. Ihre Nähe ist Balsam für meine Seele und so beginne ich mit den letzten erzählenswerten Sätzen meiner Geschichte: »Ein paar Mal hat sie es sogar geschafft, sich zu mir zu legen, so von hinten an den Rücken. Dabei ist sie vollkommen zärtlich. Seitdem kann ich auch verstehen, was sie sagt: ‚Komm mit' oder ‚Komm doch endlich'. Wenn ich nur wüsste, wohin ich mit ihr gehen soll und selbst wenn ich das wüsste, ich hätte keine Ahnung, wie ich es anstellen sollte.«

»Vielleicht ist sie in dich verliebt?«

»Ein Traumelb verliebt sich in einen Menschen? Ich glaube eher nicht.«

»Ich könnte es mir vorstellen. Aber da Du Traumelben erwähnst, weißt Du ja, was sie sind.«

»Ich habe mich schon sehr mit diesem Thema auseinandergesetzt. Aber trotzdem war ich bis gestern der Meinung, das alles wären nur Zufälle oder verrückte geistige Wirrungen. Und dann kamst Du.« Ich drehe bei diesem Satz meinen Kopf zu ihr und schaue ihr aus maximal dreißig Zentimeter Entfernung in die Augen. Jetzt könnte ich sie küssen, der Augenblick wäre perfekt. Warum nur tue ich es nicht einfach? Ich bin so bescheuert. Unsere Blicke halten sich gegenseitig stand. Jetzt küss sie doch endlich! Stattdessen greife ich nach einem Glas, um etwas zu trinken. Trottel!

* * *

Oh, Bastian, es stand dir ins Gesicht geschrieben und ich möchte dich nur zu gern spüren und in deinen

Armen versinken, nur der richtige Zeitpunkt war noch nicht da. Zu sehr beschäftigt mich noch unsere Traumwelt. Aber der Moment wird kommen, schon bald.

»Was weißt Du denn über das Leben und den Tod?«, unterbricht er meine und wahrscheinlich auch seine Gedanken über unseren ersten Kuss.

»In meinen Träumen weiß ich einfach alles. Über die Jahre konnte ich mir die eine oder andere Information merken. Es sind mittlerweile recht viele. Zum Beispiel weiß ich, also glaube ich zu wissen, dass eine Seele tatsächlich unsterblich ist und wiedergeboren wird. Es sei denn, sie wird zu einem Traumelb. Diese Seelen bleiben für immer in dieser Zwischenwelt und bescheren uns unsere Träume. Was passieren muss, damit sie zu einem Traumelb werden, kann ich dir nicht sagen. Ich weiß auch nicht, warum es Starke und Schwache von ihnen gibt oder warum es mehr von denen gibt, die uns böse und beängstigende Träume bringen.«

»Wenn Du sagst, dass jede Seele unsterblich ist und wiedergeboren wird, wie kann es dann sein, dass es immer mehr Menschen gibt?«

»Die Zahl der Seelen ist unermesslich groß, die meisten sind tatsächlich noch nie in einen Menschen oder auch ein Tier gefahren und andere springen geradezu von Körper zu Körper. Das klingt alles völlig bekloppt. Ich bin so froh, dich gefunden zu haben und mit dir über diese verrückten Sachen reden zu können. Ich dachte bisher, ich wäre der einzige Mensch, der so verrückte Dinge in seinem Kopf mit sich umher trägt.«

»Ich weiß, was Du meinst, und mir geht es genauso. Diese Lichter, die Du durch diese Wände sehen kannst, sind das die Seelen?«

»Ich denke schon. Jedenfalls habe ich es mir so zusammengereimt. Im Laufe der Jahre haben sich diese Träume für mich verändert. Früher waren es diffus leuchtende Wände, heute finde ich mich in einer Welt wieder, in der die Wände selbst zum Leben erwecken, sich verflüssigen, nach mir greifen oder mir den Weg in unendlich schöne Weiten aufzeigen. Es ist jedes Mal anders. Eine sich stetig ändernde Sphäre, in der ich manchmal zu Gast sein darf. Nur ein einziges Mal war alles ganz anders. Das war die Nacht, in der wir uns in Paris begegnet sind.«

»Fühlst Du dich in dieser Welt bedroht?«

»Gar nicht. Auch wenn es sich so schlimm anfühlt, als müsste ich mich durch einen Sumpf aus purer Bosheit kämpfen, so habe ich niemals Angst. Ich weiß immer, dass es nur ein weiterer Traum ist und dass ich nur ein Besucher bin. Das ist ja eben das, was es für mich so real erscheinen lässt. Schon bei meinem ersten Besuch, damals als kleines Mädchen, war ich mir dieser Tatsache durchaus bewusst und hatte niemals Angst.«

»Das ist echt abgefahren. Oh man, es ist ja schon wieder bald Abend. Wir haben echt lang geschlafen. Ich sollte dich fragen, ob Du nach Hause möchtest oder noch eine weitere Nacht hier verbringen willst. Es ist Samstag und die Busse fahren jetzt nicht mehr allzu oft.« Besorgter Bastian, natürlich will ich bei dir bleiben, noch nie konnte ich so offen über die Abgründe meiner Seele reden und noch nie bin ich auf jemanden getroffen, der Ähnliches erlebt hat. Ich gebe ihm keine Antwort auf seine Frage, stattdessen rutsche ich nah an ihn heran. Er lümmelt eher auf der Couch, was es leichter für mich macht, als Antwort einfach meinen Kopf auf seinen Bauch zu legen. Seine Hand streicht mein Haar nach hinten, gleitet über meinen Rücken hinab und bleibt schließlich auf meiner Hüfte liegen. Ein warmer Schauer durchfährt meinen Körper, wie von selbst wird mein Griff um ihn ein wenig fester und ich höre mich etwas sagen: »Ich habe gerade alles, was ich brauche.« Erschrocken warte ich darauf, diesen Satz gleich wieder zu bereuen, aber es stellt sich keine Reue ein. Es fühlt sich richtig an. Bastian. Mein Bastian.

* * *

Das hat sie gerade tatsächlich gesagt, oder? Ihre Brust liegt auf meinem Oberschenkel und ich spüre ihr Herz schlagen. Mein Arm ruht auf ihrem Körper und bewegt sich langsam im Takt ihres Atems auf und ab. Ihr Herzschlag und ihr Atem, die Essenz ihres Lebens, ganz nah bei mir, sie durchdringt mich und macht mich glücklich, sie derart spüren zu können. »Ich auch«, sage ich so leise, dass sie es eigentlich kaum hätte hören können. Dennoch wird ihr Griff erneut fester. So verharren wir. Dies ist nicht bloß der Beginn einer neuen Beziehung. Dies ist der Beginn einer Verbindung, die weit über das allgemeine Verständnis der meisten Menschen hinaus gehen wird. Das einzige, was die Intensität dessen, was hier gerade entsteht, noch toppen könnte, wäre die komplette Verschmelzung unserer beider Seelen. Was für ein wunderschöner Gedanke. Sie bewegt sich, wendet sich mir zu, schaut mich an und kommt immer näher, näher, näher, warme, weiche Lippen schmiegen sich an meine, ihre Hände fahren mir zärtlich fordernd durchs Haar, leises Stöhnen dringt an meine Ohren und überschwemmt mich mit Liebe wie ein warmer Sommerregegen das Land.

* * *

Ich spüre ihn tief in mir, nicht nur körperlich, sondern auch tief in meinem Herzen. Keine Regung ist in unseren Körpern. Ich genieße diesen warmen Moment der Zweisamkeit. Möchte, dass es nie mehr endet. Es scheint, als würden wir schweben. Wie die sanften Wellen einer ruhigen See durchstreifen kaum spürbare Schauer meinen Körper. Nie wieder möchte ich einen anderen Menschen so nah spüren. Oh, Bastian, du bist der Glücksfall meines Lebens. Dich gebe ich nicht wieder her. Unsere Augen schauen bis auf den Grund der Seele des anderen. Er küsst mich und sagt: »Noch näher als jetzt gerade werden wir uns niemals kommen. Wenn ich könnte, ich würde komplett mit dir verschmelzen und zu einem Körper, zu einem Geist zu werden.« Noch habe dir nicht alles erzählt. Wenn Du wüsstest, Bastian, wenn Du wüsstest.

Kapitel 4

Ein eiskalter Januarwind fegt mir um den Kopf, als ich auf den Balkon trete. Ich warte auf den Transporter, der meine Sachen bringt. Vor allem aber bringt er mir Bastian, er hat mit Ralf die letzten Kartons aus meiner alten Wohnung geholt. Hinter mir öffnet sich die Tür. »Ich freue mich so unendlich für dich, für euch«, höre ich Mandy sagen. »Danke, und ich mich erst«, gebe ich mit einem Lächeln zurück, ohne meinen Blick von der Straßenbiegung zu nehmen, um die sie jederzeit gefahren kommen sollten.

»Willst Du nicht drin warten? Hier draußen holst Du dir noch den Tod.«

»Ich finde die kalte Luft gerade echt erfrischend«, flunkere ich sie an. Eigentlich kann ich es kaum erwarten, das Auto zu sehen und Bastian wieder in meiner Nähe zu wissen.

»Lügnerin!«, entlarvt sie mich, umarmt und wärmt mich von hinten. »Wir werden ab jetzt sehr viel weniger Zeit miteinander verbringen. Das macht mich irgendwie traurig und froh zugleich.«

»Nein, das werden wir nicht.«

»Doch werden wir. Du wirst sehen. Aber trotzdem bist Du immer willkommen, egal wie viel Zeit verstrichen sein wird. Das sollst Du wissen!« Ich weiß, dass sie recht hat. Ich war schon immer eine Eigenbrötlerin gewesen und bin auch nie wirklich gerne in diese Bar gegangen. Meine Arme umschlingen ihre vor meiner Brust. »Danke!«

»Mach kein Drama daraus! Ich habe mir schon Ersatz besorgt.« Dieser Unterton in ihrer Stimme soll mir offensichtlich verdeutlichen, was ich sowieso schon lange weiß. Noch in der Nacht, in der ich zum ersten Mal bei Bastian war, war sie mit Ralf zusammen. Das hatte sie mir allerdings schon erzählt. Oder ... Mooooment! Mandy?! Die ewige Singlefrau, die sich an keinen Mann binden will und sich lediglich ab und an ihren Spaß gönnt. Diese Frau soll sich auf eine ernsthafte Beziehung eingelassen haben? Ich kann es nicht glauben. Aber wie sonst soll ich diesen verliebten Singsang in ihrer Stimme deuten? »Na dann«, sage ich mit wissender Stimme. »Hoffen wir mal, dass die beiden uns nicht allzu lang in der Kälte warten lassen.« Und schon sind meine Gedanken wieder komplett bei Bastian. Mein Kopf ist 24 Stunden am Tag mit ihm beschäftigt. Nicht einmal wenn wir zusammen sind und ich gar keinen Grund habe, an ihn zu denken, beherrscht er mich. Irgendwann muss ich ihm erzählen, welches Potenzial wir haben, was aus uns werden könnte, wenn wir nur diese eine Voraussetzung erfüllen. Wenn wir irgendwann in ferner Zukunft diesen einen Schritt gehen, um ... »Da kommen sie!«, schalmeit es mir von hinten in die Ohren. Mein Herz macht einen kleinen Sprung und ist froh, seine neugewonnene Hälfte wieder in seiner Nähe zu wissen. Während sich der weiße Kleinbus seinen Weg zwischen den geparkten Autos hindurch sucht, gehen wir zurück in Bastians Wohnung, die ab heute auch meine sein wird. Unsere!

* * *

Ich sitze auf dem Beifahrersitz des Transporters und kann es kaum erwarten, nach Hause zu kommen. Ab heute werden wir zusammen wohnen. Ich kann es überhaupt nicht erwarten, meinen Alltag mit ihr zu teilen und auch ihren zu erleben. Mit Sicherheit wird sich irgendwann eine gewisse Normalität einstellen, aber auch darauf freue ich mich. Trotzdem will ich es auch in vielen Jahren nicht erwarten können, nach Hause zu kommen und sie in meine Arme zu schließen. Als würde Ralf diese Unruhe spüren, die mich stets überkommt, wenn Kerstin nicht in meiner Nähe ist, fährt er wie ein Henker durch die Stadt. Da sein Fahrstil meiner Sehnsucht entspricht, bemerke ich gar nicht wirklich, wie ich in den Kurven von rechts nach links gedrückt werde und sich beim Bremsen der Gurt in meine Brust schneidet. Einzig das Beschleunigen finde ich in diesem Gefährt viel zu schwach. Kaum eingeparkt holen wir die ersten zwei Kartons von der Ladefläche und gehen zum Haus. Ralf aber rennt damit die Treppe hoch, als gälte es, einen neuen Rekord im Treppensteigen aufzustellen. Erst jetzt beginne ich auch seinen Fahrstil zu hinterfragen. Hat er noch etwas Wichtiges vor? Hätte ich besser jemand anderen fragen sollen, der uns heute hilft? Hat er nur aus Gutmütigkeit zugesagt und versucht nun alles unter einen Hut zu bekommen? Wenn er so weitermacht, hat er sich in zehn Minuten komplett ausgepowert. Ich komme ein paar Sekunden nach ihm vor meiner, nein unserer Wohnungstür an und erkenne den Grund für seine Eile. Der Karton steht neben ihm, er hält Mandy im Arm und küsst sie. »Überraschung«, sage ich und setze ein strahlendes Lächeln auf. Es freut mich wirklich für die beiden. Allerdings verebbt dieser Gedanke an anderer Leute Glück sofort wieder, als ich mich mit dem Karton an ihnen vorbei in die Wohnung schlängele und Kerstin sehe. Augenblicklich fühle ich mich leicht. Als hätte mir bis eben ein Bein gefehlt, welches mir allein durch ihre Anwesenheit zurückgegeben wurde. »Schön, dass Du wieder da bist«, dringt ihre Stimme an meine

Ohren und kurz darauf spüre ich ihre Lippen auf meinen. »Wenn das so weitergeht, werden wir heute nicht mehr fertig«, sage ich lächelnd und laut genug, damit die anderen Frischverliebten es auch hören können. Am frühen Abend haben wir es dann doch noch geschafft, Kerstins Sachen in meine Wohnung zu integrieren. Irgendwie war es gar nicht so schwer, wie ich es angenommen hatte. Für alles fand sich ein Platz oder es wurde ein Platz geschaffen. Es war wie das Legen eines Puzzles, welches aus nur zwei Farben besteht, nun aber komplett zusammengesetzt ein wundervolles Bild ergibt. Nachdem wir unsere frisch verliebten Helfer verabschiedet haben, stehe ich in der Küche, um die Pizzakartons in den Müll zu entsorgen. Mandys Worte, die sie uns zum Abschied sagte, hallen in meinem Kopf nach und ich weiß nicht, ob ich mich darüber freuen oder es mit der Angst zu tun bekommen soll. »Denkt daran!«, sagte sie. »Was ihr beiden heute Nacht träumt, wird in Erfüllung gehen.« Hinter mir tritt Kerstin in die Küche und bleibt in der offenen Tür stehen. Ich drehe mich zu ihr um, bewege mich nicht auf sie zu. Wir stehen uns gegenüber und schauen uns an. Ein sehr intensives Gefühl macht sich in mir, in der ganzen Küche breit. Wie von selbst formt mein Mund die Worte: »Jetzt bist Du endgültig in mein Leben getreten. Ich bin dein.« Ob es an diesen zwei Sätzen liegt oder dieser Sätze gar nicht bedurft hätte, aber wir sehen uns aus gut zwei Metern Entfernung an und sind uns so nah wie nie zuvor. Sie trägt ein Flanellhemd und langsam gleiten ihre Finger zu dem untersten Knopf, um es zu öffnen und von sich gleiten zu lassen. Als wäre es ein eingeübter Tanz, ziehe ich mir das Shirt über den Kopf und lasse es fallen, während sie ihren BH auszieht. Der tonlosen Melodie folgend, zu der wir uns entkleiden, öffnen wir unsere Jeans und ziehen sie gleichzeitig mit der Unterwäsche nach unten. Einen Schritt aufeinander zugehend, entsteigen wir diesem kleinen Wäschehaufen. Ich ziehe mir die Uhr ab, während sie sich die Ohrstecker entfernt. Angesicht zu Angesicht offenbaren, betrachten und schenken wir einander. Nackt, komplett entblößt, gleiten unsere Blicke voller Freude, Neugier und Hingebung über den Körper des anderen, dem die geliebte Seele innewohnt. Lange schauen wir uns an. Lange genießen wir diesen Moment, in dem wir uns verbinden, in welchem wir diesen neuen Teil unseres Lebens empfangen. Irgendwann, einem unvernehmbaren Signal folgend, gehen wir aufeinander zu. Kerstins Hände legen sich auf meine Brust, gefolgt von ihrem Kopf und einem tiefen Atemzug nehmend, schmiegt sie sich an mich. Meine Hände streifen über ihr Haar, ihren Rücken, um sie ein wenig fester bei mir zu halten. Unsere Augen suchen und finden sich. Lippen treffen warm aufeinander. Ein Bein umschließt mein Becken, ich nehme die Aufforderung an, lege meine Hände unter ihre Hüfte, hebe sie hoch, während mich nun auch das andere Bein umschmiegt. Endlich vereint trage ich meine Liebe, meine zweite Seele, mein zweites Leben aus der Küche.

* * *

Dem Schlaf entrinnend werde ich wach. Mit geschlossenen Augen nehme ich die wärmende Bettdecke wahr, die Luft, die langsam und gleichmäßig durch meine Nase strömt und meinen entspannten und doch kräftigen Herzschlag. Irgendwann öffne ich die Augen und bin da. Ich träume. Mit schlafendem Körper und wachem Verstand erkenne ich Bastians Schlafzimmer. Die Wände rot glühend beginnen langsam zu schmelzen, verflüssigen sich in einem extrem heißen Feuer und geben den Blick frei. Es ist ein Wald, ehemals tief und dunkel recken seine verkohlten Bäume ihre toten Äste in giftige Luft und stehen in einem Meer aus Asche. Die Luft ist erfüllt von einem schneeähnlichen Niederschlag, ebenfalls die Asche dessen, was diesen Wald einst die Heimat unzähliger Pflanzen und Tiere sein ließ. Ich stehe auf und schaue mich um. Von irgendwo her erklingt ein Lied. Ich kenne die Melodie nicht und auch nicht die Sprache, in der es gesungen wird, es scheint ein Klagelied zu sein. Etwas ist anders. Ich weiß nichts. Durchflutete mich bisher immer ein regelrechter Wissensschwall, sehe ich heute nur, was ich sehe und kann mir keinen Reim darauf machen. Ein ungutes Gefühl beginnt sich von meiner Magengrube aus langsam im ganzen Körper auszubreiten. Vorsichtig gehe ich um unser Bett. Mein Blick fällt auf Bastian, über seinem Kopf schweben zwei Lichter, von denen eines kleiner als das andere das Größere wie ein Mond seinen Planeten umkreist. Sie scheinen mich bemerkt zu haben und bewegen sich auf mich zu, die wenigen Meter zwischen uns scheinen für sie Abertausende von Kilometern zu sein. Es dauert sehr lange, bis sie bei mir angekommen sind und den Wald dabei in ein immer grelleres Licht tauchen. Noch niemals hat ein Traumelb mit mir interagiert. Ich war bisher immer nur eine wissende Beobachterin. Das Lied wird immer lauter. Nur noch Bruchstücke sind zu verstehen. Es geht in einem einzigen Lärm auf und verliert dabei auch noch das letzte bisschen seiner Melodie. Auf einmal geht alles ganz schnell. Die Lichter sind bei mir angekommen. Das Kleinere umkreist nun auch mich, während das Größere nur Millimeter vor meinem Kopf plötzlich zum Stehen kommt und zwei grüne Augen aus ihm hervortreten. Wunderschöne weinende grüne Augen. Sie durchbohren mich mit ihrem Blick. Keiner meiner Gedanken ist vor ihnen sicher. Sie blicken einfach in mich hinein, bis tief in meine Seele. Ich kann sie förmlich in mir spüren. Sie graben regelrecht in meinem Inneren, als gäbe es etwas Wichtiges zu finden. Der Lärm des Liedes, das schon lange keines mehr ist, wird unerträglich, endet abrupt und wird zusammen mit den Augen von dem größeren Licht aufgesogen. Die ganze Situation ist auf einmal verschwunden und eine neue tut sich auf. Es herrscht Stille. Der Geruch von verbranntem Fleisch steigt mir in die Nase. Leise nur höre ich wieder das Lied und sehe nun auch die Sängerin. Sie sitzt auf dem Bett bei Bastian und hält mit verkohlten Fingern seine Hand. Einzelne Strähnen einer ehemals tiefroten Haarpracht hängen ihr in Fetzen vom Kopf herunter, der hauptsächlich von frischen Brandwunden übersät ist, welche teilweise sogar die Schädelknochen freigelegt haben. Langsam dreht sie sich zu mir um, gibt dabei den Blick auf Bastians Brust frei. Eine offenbar abgeschlagene Hand, die auch im Feuer gelegen haben muss, liegt auf ihm. Die Sängerin erhebt sich, fleischlose Wangen geben den Blick in ihre Mundhöhle frei, in Teilen kann man die Lippen noch erahnen, und sie lächeln mich an, beginnen gar zu lachen, mich anzulachen. Aber nicht aus Bosheit, sondern aus purer Freude. Dieselben grünen Augen, die mich eben aus dem Licht heraus durchbohrten, schauen mich nun aus lidlosen Höhlen an, ganz offensichtlich aus Freude, mich zu sehen. Sie stürmt auf mich zu und zum ersten Mal habe ich in einem Traum Angst, Panik gar. Die Hand folgt ihrer Gebieterin. Ihre Hand ist es nicht. Sie hat noch beide, verkohlt zwar, aber sie hat sie noch und streckt diese geradezu gierig nach mir aus. In dem Moment, in dem sie mich packen will, unterbricht Bastians Schrei die Szene. Er springt aus dem Bett und weckt mich damit auf. Das Letzte, was ich glaube erkennen zu können, ist eine einzelne kleine Knospe an einem der zahllosen toten Äste des Waldes, aus der sich ein winziges grünes Blatt zu schälen beginnt.

Zweiter Teil

-

Rossinhol und Abaelard

Kapitel 5

Abaelards Gedanken waren an diesem kalten Tag im Spätherbst bei allem anderen, nur nicht beim Wetter. Viel zu eilig hatte er seine Bundschuhe angezogen und nur einen dünnen Umhang über seine Tunika geworfen, nachdem sein Vater ihn zum Schmied gesandt hatte. Stiefel, eine dickere Hose und der Umhang aus Fell wären bei Weitem besser gewesen. Der dichte Nebel, den die kalte Nacht hinterlassen hatte, zog noch immer durch die Stadt und bis zum Schmied, der im Wald vor der Stadt lebte, war es ein ziemliches Stück zu gehen. Erst auf halbem Wege bemerkte er, dass sich die Sonne heute wohl nicht mehr zeigen würde und seine Kleidung bei Weitem nicht ausreichend warm war. Die dünne Eisschicht auf den kleinen Pfützen des Weges knackte regelmäßig unter seinen Füßen, eiskaltes Wasser ließ seine Schuhe nass werden. Lieber wäre er geritten, aber sowohl sein Pferd als auch das seines Vaters, welcher Matthias hieß und sich als Stadtschreiber verdingte, hatten in der vergangenen Nacht am rechten Vorderhuf das Eisen verloren, also musste er sie am Zügel führen. Wenigstens hatte er daran gedacht, sein

Pferd zu satteln, um auf dem Heimweg reiten zu können. Er hoffte auf die Weide hinter der nächsten Biegung. Mit etwas Glück würde er sich dort ein wenig aufwärmen können. Bis dahin versuchte er sich mit den Gedanken an die letzte Nacht vom Frieren abzulenken. Sie war so schön gewesen, so unendlich schön. Im Traum war sie ihm erschienen und sie hatte seinen Namen gerufen, bis sie beieinanderlagen. Noch immer konnte er ihr wallend rotes Haar auf seiner Brust und in seinem Gesicht spüren und ihre alabasterweiße Haut, zart wie feinstes Pergament fühlte er noch immer an seinen Fingerspitzen. Makellos wie vom Neuschnee verzauberte Hügel, eingerahmt von dem tiefroten Sonnenuntergang ihres Haares. Nur ihre Augen waren noch schöner. Niemals würde er diese Augen vergessen können, sie waren aus einem Grün, als hätte sich die Schönheit sämtlicher Wälder, Wiesen, Auen und Felder dieser Welt in ihnen vereinigt. Seit einigen Jahren schon hatte Abaelard Träume von Frauen, die sich zu ihm legten. Dieser Traum allerdings war anders gewesen, alles hatte sich echt angefühlt, als hätte es genauso stattgefunden. Das Einzige, was ihm schließlich doch den Beweis erbrachte, dass es nur ein Traum gewesen war, war das Ende. Er hatte sie nach ihrem Namen gefragt, woraufhin sie lediglich ihren Zeigefinger hob und ihm sagte, er solle genau hinhören, daraufhin war er erwacht, doch die eigenartigen Dinge nahmen ihren Lauf. Beseelt von dem gerade Geträumten trat Abaelard ans Fenster, um frischen Atem in der Nachtluft zu schöpfen, als er auch schon der nächsten Unmöglichkeit gewahr wurde. Eine Nachtigall sang ihr Lied. Eigentlich nichts Außergewöhnliches, wohl aber Ende November. Nachtigallen zogen im Herbst immer davon, die Letzte hatte er vor vielen Wochen im September gehört. Mittlerweile war er auf der Weide angekommen und froh, dort die Kühe zu sehen. Wo es Kühe gab, da gab es auch Mist, und wo es Mist gab, da gab es warme Füße. Abaelard musste nicht lange nach einem frischen Kuhfladen suchen, schon bald hatte er einen ausgemacht, zog seine nassen Schuhe aus und stellte sich hinein. Hier konnte er kurz verschnaufen und in der Wärme des Kuhdungs erneut seine Gedanken sammeln. Die Magd fiel ihm ein. Schon in den frühen Morgenstunden war sie rufend durchs Haus gelaufen. »Oh, Herr im Himmel! Was für ein Omen schickst Du uns!? Was für ein Unglück! Herr im Himmel, lass Gnade walten!« Die Magd war schon immer sehr abergläubisch gewesen. Allerdings konnte Abaelard in diesem Fall ihre Sorge verstehen. Dass ein Pferd sich ein Eisen abzog, das konnte schon vorkommen, nur hatten ihre das noch nie zuvor getan und nun beide Pferde in einer Nacht und beide das Eisen vom rechten Vorderhuf. Das war schon sehr ungewöhnlich. Es gab in der Nacht keine Unruhe im Stall oder sonst ein Anzeichen. Niemand konnte sich diesen Umstand erklären. So kam es also dazu, dass sich Abaelard an einem kalten Novembertag die Pferde am Zügel führend zum Schmied aufmachen musste und zu allem Überfluss den Kopf voll mit Träumen und Verwicklungen die falschen Sachen angezogen hatte. Die Weide mit den herrlichen Kuhfladen lag vom Haus des Schmiedes nicht mehr allzu weit entfernt, aber dieses letzte Stück des Weges hätte er unmöglich in diesen dünnen und nun auch nassen und kalten Schuhen durchgehalten. Die Schmiede war im Wald an einem Bach gelegen, nicht sehr tief drinnen, aber doch tief genug, als dass man genau wissen musste, an welcher Stelle man den Wald betreten musste, um zu ihr zu gelangen. Der Schmied lebte allein. Seine Frau war im Kindbett gestorben und auch das Kind hatte die Geburt nicht überlebt. »Schmied Joseph!«, rief Abaelard, als er vor dem Haus ankam und die Pferde anband. »Schmied Joseph! Ich komme, Geschäfte zu tun.« Bald öffnete sich die Tür der Schmiede. Ein alter Mann, bestimmt schon über 50, trat heraus. Mit großen Händen hielt er die Tür seines kleinen Hauses fest, die Haut auf seinem kahlen Kopf schien widerstandsfähiger zu sein als die dicke Lederschürze, die er trug. Mitten aus diesem Berg aus Muskeln und gegerbter Haut stachen weise und wissende Augen hervor, vor denen man kein Geheimnis bewahren könnte. »Abaelard, da bist Du ja.«

»Ihr erwartet mich?«

»Das tue ich, nur nicht zum Geschäfte.«

»Aber deswegen bin ich gekommen. Mein Herr Vater, Stadtschreiber Matthias, schickt mich, die Pferde beschlagen zu lassen.«

»Das ist früh, hat er sie doch erst letzte Woche beschlagen lassen.«

»Ein Umstand hat sie ihre Eisen nächtens im Stall verlieren lassen. Die Magd glaubt an Zauberei, redet von nichts anderem und ist völlig von Sinnen. Weint gar den ganzen Tag. Vater und ich glauben an eine Zufälligkeit.«

»Nächtens? Im Stall?«

»Was glaubt Ihr?«

»Ich glaube, was ich sehe, und im Moment sehe ich, dass Du dringend in meine Stube kommen solltest. Ist die Stadtschreiberei solch schlechte Arbeit, dass dein Herr Vater dir keine warmen Wamse kaufen kann?« Abaelard hatte schon wieder vergessen, dass er eigentlich fror, denn irgendetwas zog seine Aufmerksamkeit auf sich, er fühlte sich beobachtet. Nun aber erneut an die Kälte erinnert, erfasste ihn diese bis tief ins Mark und er nahm die Einladung des Schmiedes gerne an. Die Schmiede war einfach gebaut und eigentlich nur genau das. Eine Schmiede mit einer Küche. Zum Schlafen legte sich Joseph auf ein Lager aus Stroh und ein paar wollenen Decken unter das Dach seines kleinen Hauses. Die Küche und die Schmiede waren nur durch eine Wand getrennt und zehrten vom selben Feuer. Außerdem gab es hinter dem Haus noch einen Abort neben einem kleinen Schuppen, einen Unterstand für Josephs Pferd und einen Verschlag, welcher derart ans Haus gebaut war, dass er wohl auch Einiges an Wärme vom Schmiedefeuer abbekommen müsste. Abaelard hatte so ein Gefühl, als müsste hier noch etwas sein, als wäre die Schmiede nur Tarnung. Etwas Geheimes und Erstaunliches, und irgendwie schien es, als befände sich diese Erstaunlichkeit in eben diesem kleinen Verschlag, obwohl dieser äußerlich nicht die kleinste Auffälligkeit aufwies. Abaelard nahm in der Küche des Schmiedes Platz und bekam einen heißen Gewürzwein vor die Nase gestellt.

»Bist Du den Weg geritten?«

»Nein. Vater wäre außer sich, wenn eines der Pferde anfinge zu lahmen, weil es krumm gelaufen ist.«

»Das ist gut. Man kann nicht vorsichtig genug sein.«

»Ihr sagtet, Ihr hättet mich erwartet.«

»Ich hoffte, dass Du kommst.«

»Aber warum?«

»Ich hörte deinen Namen bei der Nacht.« Auf der Stelle schoss Abelard das Blut zu Kopfe, das Schlagen seines Herzens erfüllte ihn mit solcher Macht, dass es ihm schien, als wolle es aus seiner Brust springen. »Wer rief ihn?«

»Rossinhol.«

»Natürlich!«, rief er aus und es fiel ihm wie Schuppen von den Augen. Rossinhol war ein anderer Name für Nachtigallen. In fernen Ländern wurden sie so genannt. »So heißt sie also. Rossinhol. Ich hörte heute eine Nachtigall ihr Lied singen, was auch eine rechte Ungewöhnlichkeit ist«, sagte er eher zu sich selbst. »Aber wieso träumtet Ihr denselben Traum?«

»Ich sagte nicht, ich träumte.«

»Es gibt sie? Aus Fleisch und Blut?«

»Möglich ist das. Aber ich kann dich nicht einfach zu ihr führen.«

»So einiges würde ich geben, sie nur einmal zu sehen und noch mehr, sie zu berühren. Weiht mich dem frühen Tode, wenn ich sie besitzen darf.«

»Nicht so eilig, junger Abaelard. Wünsche könnten sich erfüllen.«

»Gäbe es jemanden, der einen Preis verlänge, ich würde ihn zahlen. Jedweden Preis.«

»Nun, für den Anfang könntest Du mir zur Hand gehen, die Schmiedekunst erlernen und später selbst Schmied sein.«

»Ihr kennt sie? Es gibt sie tatsächlich?«

»Sie ist meine Tochter und Du bist der Erste und der Letzte, dem ich mich offenbare. Sie bat mich darum. Niemand jedoch darf jemals von ihr erfahren.«

»Wo ist sie?«

»Langsam, Abaelard. Ich brauche dein Wort.«

»Sie ist in dem Verschlag. Ich weiß es!«

»Abaelard, dein Wort.« Aber ihm war nicht beizukommen, schon war er aufgesprungen und in einem Satz an der Tür, um zu dem Verschlag zu rennen. Wie von einem Windstoß aufgerissen, entglitt der Türgriff seinen Fingern und die Tür schlug so hart gegen die Wand, dass sie zu zerspringen drohte. Abaelard blieb wie angewurzelt im Rahmen stehen. Da stand sie vor ihm. Diese Haut wie Schnee, diese Haare wie ein Sonnenuntergang und diese Augen wie eine Aue, auf der Feen tanzen. »Du bist zu mir gekommen«, drang ihre warme Stimme an sein Ohr. Abaelard war nicht in der Lage, etwas zu sagen. Ein Sturm tobte in ihm, ließ ihn glühen und frieren, ein Beben nach dem anderen durchzog seinen Körper und brachte ihn zum Wanken, er vergaß ganz und gar zu atmen. »Vater braucht dein Wort, Abaelard. Ich brauche dein Wort«, fuhr sie fort, aber er rührte sich nicht. Zu unfassbar war die Situation, zu intensiv war sein Traum gewesen und zu viel Schönheit stand ihm in diesem Moment gegenüber.

»Abelard, ich brauche dich. Wir brauchen dich.«

Endlich fand er wieder Worte: »Du – Du warst in meinem Traum.«

»Das war ich. Ich habe dich erwählt.«

»Wozu?«

»Mein Gemahl zu sein und die Schmiede zu führen.«

»Warum ich und wie hast Du das gemacht?«

»Oft sah ich dich mit deinem Vater, oft schon habe ich dich besucht bei der Nacht. Du bist ein guter, starker und ehrlicher Mann. Wie genau ich in deinen Traum gekommen bin, vermag ich nicht zu sagen. Ich kann es einfach.« Sie ging an ihm vorbei, während sie sprach, schloss die Tür und setzte sich zu ihrem Vater an den Tisch. Abaelard schien es, als würde sie schweben, so grazil war jede ihre Bewegungen. »Aber wieso versteckst Du dich?«

»Mein Sohn«, sagte der Schmied, »dunkle Wolken ziehen auf, schon seit vielen Jahren. Die Kirche sucht nicht länger nur nach Reichtümern. Noch viel mehr als das sucht sie nach Macht und scheut immer weniger davor, jene, die ihrer Lehre nicht folgen wollen oder können, unter dem Vorwand der Hexerei zu töten. Schau dir meine Rossinhol an. Was glaubst Du, würden die Leute über sie sagen? Was würden die Weiber sagen, die neidisch sind, weil sie nicht solche Haare oder Augen haben, von ihrer Wohlgestalt ganz zu schweigen, und was würden die Männer sagen, weil sie sie nicht besitzen dürfen. Und was glaubst Du würde passieren, wenn auch nur ein einziger von ihrer Gabe erführe?«

»Aber die Inquisition ist doch nicht bei uns, ich hörte Vater von Spanien und Franken sprechen. Aber doch nicht hier.«

»Ein Neider, Abaelard. Ein einziger Neider, der meine Rossinhol anzeigen würde, reicht aus und in Wochenfrist wäre sie auch hier bei uns, die heilige Inquisition.« Abaelard dachte an die Magd, die wahrscheinlich noch immer wie aufgescheucht durchs Haus rannte und stellte sich vor, was sie tun würde, wenn sie von Rossinhol erführe. Die Antwort war einfach. Für die Magd würde alles zusammenpassen. Die roten Haare, dass Rossinhol versteckt lebte und ihre Gabe, in Träumen zu erscheinen. Das wäre für die Magd mehr als genug, um damit wenigstens eilig zum Priester zu laufen und ihn um eine Prüfung zu bitten. Ihr Geschwätz, welches sie obendrein noch hinter vorgehaltener Hand treiben würde, würde dem Ganzen noch die Krone aufsetzen und man bräuchte wohl gar nicht erst auf die Inquisition warten. Das würden die Bürger schon vorher selbst erledigt haben. »Ich verstehe euch, aber warum ich?«

»In Träumen zu erscheinen, ist nicht Rossinhols einzige Gabe. Sie kann in die Seelen der Menschen blicken und in deine Seele hat sie sich verliebt. So ich es richtig deute, Du dich wohl auch in ihre.«

»Wir könnten nie Hochzeit halten, nie Kinder haben, nie irgendetwas haben.«

»Wir hätten uns«, sagte Rossinhol. »Nach außen wärest Du der einsame Schmied, der als Einsiedler lebt, und niemand wüsste etwas von dem Glück, welches wir beide teilen.«

»Was, wenn ich ablehne?«

»Dann geh und kehre nie wieder. Du wärest in unserem Hause nicht mehr willkommen. Doch bitte befrage dich selbst, ob das dein Wille ist.«

Der Schmied senkte seinen Kopf. »Ich bin alt, Abaelard. Lange kann ich auf meine Rossinhol nicht mehr achtgeben. Allein kann sie nicht unentdeckt leben und Hilfe von außen birgt zu viele Risiken. Sie braucht einen Mann und sie wählte dich.« Abaelard war völlig überrumpelt. Was sollte er tun? Von heute auf morgen müsste er seine Familie verlassen, ein Schmied werden, einsam scheinend für andere, unverstanden von allen, vor allem von seinem Vater. Sie hatten immer ein inniges und liebevolles Verhältnis gehabt. Ja, seine größte und eigentlich einzige Sorge galt seinem Vater. Ihm selbst würden die Leute der Stadt wohl Schmählieder widmen, Kinder hätten Angst vor ihm, käme er auf den Markt, um Geschäfte zu tun. Gespött würde ihn auf immer verfolgen. Aber Rossinhol wäre die seine. Hatte er nicht eben noch in einem unbedachten Moment jedweden Preis zahlen wollen und gar seinen frühen Tod feilgeboten? Was läge an seinem Tod, was läge an dieser Liebe, und was läge an dem Gespött? »Ihr habt mein Wort. In Wochenfrist will ich zu Euch kommen und Schmied werden.« Auf was für ein Abenteuer hat er sich denn gerade eingelassen? Er würde sich Hals über Kopf von seiner Familie trennen müssen. Nun, eigentlich nur von seinem Vater, seiner Mutter war er schon immer ein Dorn im Auge gewesen. Aber Vater, er würde sehr traurig sein und traurig alt werden müssen mit einer Frau, die ihn noch nie wirklich liebte, und einem Sohn, der ihn verlassen haben wird. Doch schon verblassten diese trüben Gedanken an das Leid seines Vaters, denn langsam erhob sich Rossinhol, ihr Glück über seine Entscheidung ließ sie vor Erleichterung laut lachen. Sie rannte die zwei Schritte zu Abaelard, der noch immer an der Tür stand. Ihre Hände legten sich auf seine Brust, gefolgt von ihrem Kopf und einem tiefen Atemzug nehmend, schmiegte sie sich an ihn. Seine Hände streiften über ihr Haar, ihren Rücken, um sie ein wenig fester bei

96

sich zu halten. Ihre Augen suchten und fanden sich. Lippen trafen warm aufeinander. Ein Bein umschloss Abaelards Becken, er nahm die Aufforderung an, legte seine Hände unter ihre Hüfte, hob sie hoch, während sich nun auch das andere Bein um ihn schmiegte. Endlich vereint, trug er seine Liebe, seine zweite Seele, sein zweites Leben aus der Küche.

Kapitel 6

Klingende Schläge wieder und wieder. Feuer machen, die Holzkohle durfte nicht brennen, sondern nur glühen. Luft einblasen, Temperatur an der Farbe des glühenden Eisens erkennen, den richtigen Moment finden, um den Stahl zu härten, nachdem man ihn Hunderte Male gefaltet hat. Klingen schleifen und polieren. Hölzerne Griffe herstellen. Nägel schmieden, Hufe reinigen, Eisen anpassen, entscheiden, ob alle Hufe ein Eisen benötigen oder nur die Vorderen oder ob das Pferd doch besser barhufig bleiben sollte. Das ist Abaelards neues Leben. Viel gab es zu lernen und wenn er dachte, er hätte etwas endgültig gelernt, zeigte ihm Joseph, dass es doch noch besser und um einiges geschickter gelingen konnte. Und dann gab es noch dieses eine Stück Eisen, welches Abaelard irgendwann zu hassen begann. Regelmäßig musste er es in eine neue Form bringen. Mal flach und lang, mal rund und dick. Manchmal musste er es so flach schmieden wie die Schale einer Walnuss. Später bestand seine Aufgabe darin, es zu einem perfekten Ring zu formen. Vorsichtig musste er dabei mit dem Hammer umgehen, die Hitze der Kohlen wohl dosieren und dem Eisen stets die Möglichkeit geben, sich wieder beruhigen zu können. Oftmals schlug er aus Mangel an Kraft einfach nur auf den entstehenden Ring ein und machte damit seine ganze Arbeit zunichte. Allabendlich schmerzten seine Hände, er war kaum in der Lage, den Löffel zum Abendmahl zu halten oder den Becher zum Trinken. Doch nahm er diese harte Lehre auf sich, war für ihn doch eigentlich eine Stelle in Vaters Schreibstube vorgesehen gewesen, für die praktisch keinerlei körperliche Voraussetzungen nötig gewesen wären. Jedoch am Abend ins Bett zu fallen, hieß, in Rossinhols Schoß zu liegen und sich von ihrer Stimme verzaubern zu lassen, wenn sie ihm ein Lied vorsang, es hieß, sich von ihren Händen die Last des Tages abstreifen zu lassen, wenn sie seinen müden Körper massierte und streichelte und es hieß, seine Augen an ihrer Schönheit zu weiden und sein Herz in höchste Sphären aufsteigen zu lassen, wenn sie sich zu ihm legte und sich ihm schenkte. Eines der Lieder, welche sie ihm vorsang, handelte von ihrer Geburt und der List, mit der ihr Vater den Dechant glauben gemacht hatte, sie sei kurz nach der Geburt gestorben. Abaelard mochte dieses Lied sehr, weshalb Rossinhol für ihn noch eine weitere Strophe hinzudichtete.

Ein Schmied grub einst zwei Gräber,
für Frau und auch für Kind.
Doch bald schon kämen die Häscher,
drum grub er sehr geschwind.

Die Amme schrie von Hexen,
Getier und Teufelei.
Das Kind, es sei besessen,
riss seine Mutter gleich entzwei.

Der Schmied, er trug sein Kinde
tief in den Wald allein.
Dort sollte es von Wölfen
und Rehen bewachet sein.

Drauf legt er seine Liebe,
ins Grab zur letzten Ruh.
Die Grube gleich daneben,
die schüttet er nur zu.

Kaum standen beide Kreuze,
schon wurd' er inspiziert.
Vom Dechant und von Soldaten,
perfid und ungeniert.

„Im Grabe liegen beide,
lasst ihnen ihre Ruh!"
Drum stürmten sie sein Haus,
die Gräber - blieben zu.

Sie suchten nach dem Kinde,
doch niemand es je sah.
Gebracht von Reh und Wolf erst,
als vorbei war die Gefahr.

Das Haar vom Blut der Mutter,
die ihr Leben gab.
Die Augen von der Wiese,
über dem leeren Grab.

Das Wissen von den Tieren,
zu sehen die zweite Welt,
geht sie sich stets bedanken,
wenn lang die Sonn' den Wald erhellt.

Die Lieb im Traum gefunden,
rief sie Abaelard herbei,
zu tanzen bei den Sternen,
in unendlicher Liebelei.

Tagsüber war Rossinhol so gut wie nie außerhalb des Hauses zu sehen. Der Verschlag, der ans Haus gebaut war, diente nun Abaelard als Kammer. Ein Bett war hereingestellt worden und an der Wand stand ein Regal für seine Habseligkeiten. Dieses Regal allerdings war außerdem eine Tür, über die man in einen Keller unter das Haus gelangen konnte. Im Keller wiederum gab es eine Leiter, über die man durch eine Bodenklappe in die Küche gelangte. Derart miteinander verbunden war es für Rossinhol möglich, sich jederzeit frei im Haus zu bewegen und sich sollte es nötig sein, immer schnellstmöglich zu verstecken. Dies war tatsächlich recht häufig notwendig geworden, seit Abaelard bei ihnen lebte. Oft kam sein Vater, um sich auch nach Monaten noch immer ungläubig davon zu überzeugen, dass sein Sohn sich tatsächlich zu einem Schmied ausbilden ließ, um ganz offensichtlich irgendwann einmal selbst ein alter, einsamer Schmied im Wald zu sein. Noch viel öfter aber kamen Menschen aus der Stadt, welche vorgaben einen längeren Spaziergang zu tun, eine Arbeit für Joseph zu haben oder etwas von ihm kaufen zu wollen. Beliebt wurden seine Blumen, die er aus getragenen Hufeisen herstellte, indem er sie geschickt miteinander vernietete. Allen Besuchern allerdings war eine Sache gemein. Sie kamen eigentlich nur, um den Sohn des Stadtschreibers in der Schmiede zu sehen. Pure Neugier trieb sie in den Wald. Gerüchte gab es zuhauf. Abaelard hätte sich mit seinem Vater überworfen, wurde gemunkelt oder gar ein Liebespaar sollten sie sein, Abaelard und Joseph. Dem Geschäft der Schmiede war diese ungewollte Aufmerksamkeit sehr zuträglich. Für Rossinhol indes wurde es immer gefährlicher. Damit auch wirklich niemand auf die Idee kam, es könnte noch jemand in der Schmiede leben, ließen sie tagsüber oftmals die Haustür offen, damit die neugierigen Leute auch hier einen Blick hinein werfen konnten. So vergingen der Winter und der Frühling. Abaelard wurde immer geschickter in seiner Arbeit und Joseph war froh, einen würdigen Nachfolger für seine Schmiede und einen guten Mann für Rossinhol gefunden zu haben. Am Tag der Sommersonnenwende stand Abaelard wie immer früh auf, um den Schmiedeofen anzuheizen. Rossinhol lag nicht mehr bei ihm, das war schon öfter vorgekommen, also dachte er sich nichts dabei. Sein Weg führte ihn zunächst zum Bach, um sich frisch zu machen. Das kalte Wasser belebte seinen Körper augenblicklich. Er fühlte sich gerade so wie ein Stück Eisen, welches zu einem Messer geschmiedet nun zum Härten in den Eimer mit dem Wasser gehalten würde. Er liebte dieses Gefühl. Auf dem Weg zurück sah er Joseph, der sein Pferd mit einigen Taschen bepackte.

»Guten Morgen, Joseph!«

»Guten Morgen, Abaelard! Heute bleibt der Ofen kalt. Es ist Sonnenwende und wir gehen das Licht feiern.«

»Oh, das wusste ich nicht.«

»Wir wollten dich mit einem kleinen Fest überraschen«, klang hinter ihm die so geliebte Stimme, und während sie seine Ohren mit ihrem Klang verwöhnte, schlossen sich Rossinhols Arme um seinen Körper. »Alles ist bereit. Wir können gleich losgehen.« Abaelards Freude war groß, hieß es doch, einen ganzen Tag an Rossinhols Seite verbringen zu können, ohne auf das Feuer achten zu müssen, mit einem Hammer Eisen in Form zu bringen oder Hufe zu reinigen und zu beschlagen. Sehr zu seiner Enttäuschung verlief ihr Ausflug zunächst aber ganz anders. Er ging neben Joseph und dem Pferd auf einem Pfad immer tiefer in den Wald, während Rossinhol sie in einiger Entfernung links von ihnen durch den Wald gehend begleitete. Alles nur, damit sie nicht entdeckt werden würde. Allerdings schien sie auf ihre Weise genauso schnell voranzukommen wie die Männer auf dem Pfad. Sie war barfuß, doch das schien ihr kein Hindernis zu sein. Leicht wie ein Tier, welches schon sein Leben lang im Wald zu Hause gewesen war, begleitete sie ihre beiden Männer. Nach ungefähr drei Stunden, die Sonne stand noch nicht im Zenit, erreichten sie eine große Lichte. Fast kreisrund und umrahmt von mächtigen Eichen, die jeden Blick in den Wald unmöglich machten, standen hier und da einige kleine Felsen inmitten einer blühenden Wiese. Joseph machte das Pferd fest und deutete Abaelard, es mit ihm abzuladen. Ein langes Bündel nehmend, staunte er über dessen Gewicht. »Das ist heute für dich«, sagte Joseph.

»Was ist da drinnen?«

»Schwerter. Du musst lernen, Rossinhol zu verteidigen.«

»Schwerter?« Er öffnete das Bündel. Zwei hölzerne Stecken waren das erste, was er fand. Jeweils einzeln in weitere Tücher gewickelt, lagen die Schwerter vor ihm. Eines wickelte er aus, schwer war es, bestimmt drei Ellen lang, mit breiter Klinge und einem dicken eisernen Knauf am Ende des lederumwundenen Griffes. Keinerlei Verzierungen gab es. »Aber warum vier und was sind das für Stecken?«

»Zwei Schwerter sind stumpf und zum Üben genau wie die Stecken. Die anderen beiden sind so scharf, wie es nur Schwerter eines Schmiedes sein können. Diese benutzen wir heute wohl nicht.« Einer der Felsen war nicht viel höher als das ihn umgebende Gras, auf diesen setzten sie sich, nachdem Rossinhol ein kleines Mahl zur Stärkung auf einem Deckchen bereitet hatte. Nach dem Frühstück begann Abaelards Training. Joseph ließ ihn zunächst Hiebe abwehren. Was leichter gesagt war als getan. Ständig traf er ihn und fügte ihm ziemliche Schmerzen zu. Wieder und wieder prallte der eine Stecken auf den Körper, während der andere sein Ziel verfehlte. Es nahm kein Ende. Arme, Beine und Brust änderten zunehmend ihre Farbe, bis schließlich die ersten blauen Flecken zum Vorschein kamen. Lediglich bei Treffern an Kopf und Hals hatte Joseph ein Einsehen und aus einem ordentlichen Hieb wurde nur ein kleiner Klaps. Irgendwann gab es endlich das ersehnte Geräusch. Mit hellem, lautem Klang schlugen die Hölzer gegeneinander. Abaelards Freude darüber war so groß, dass er vergaß weiterzumachen und erneut einen harten Schlag gegen den Oberarm erhielt. Jedoch war der Knoten geplatzt, immer häufiger gelang es, den ersehnten Klang der Stecken zu vernehmen. »Einen guten Mann hast Du erwählt«, rief Joseph seiner Tochter zu. »Das Kämpfen erlernt er fast noch schneller als das Schmieden.« Es galt aber wohl eher seinem Schüler, damit dieser vor Schmerzen nicht den Sinn hinter der Übung vergaß. Nach einer ganzen Weile beendete Rossinhol das Training. Sie wusste natürlich um dessen Wichtigkeit, aber zuzusehen, wie ihr Liebster es auf sich nimmt, einen schmerzhaften Schlag nach dem anderen einzustecken, tat ihr selbst tief in der Seele weh. Bei jedem neuen Treffer gegen Abaelards Körper zuckte ihr eigener selbst mit zusammen. »Gut, machen wir eine Pause«, sagte Joseph, während er sich sichtlich erschöpft in das Gras setzte.

»Ich denke, heute hätte ich wohl doch lieber das Schmiedefeuer angeschlagen«, keuchte Abaelard und war froh, seinen zitternden Armen und Beinen nachgeben zu können. Kaum lag er, spürte er auch schon, wie sich liebevolle Hände mit einer kühlenden

Tinktur um die zahlreichen verfärbten Stellen auf seiner Haut zu kümmern.

»Die Prügel hast Du hinter dir, mein Sohn. Mehr bin ich heute nicht im Stande, dir zuzufügen. Versuche, dir einzuprägen, was ich dir eben getan habe. An der Schmiede wäre es zu laut gewesen. Die Leute würden neugierig werden und sich fragen, warum wir uns im Schwertkampf üben.«

»Das leuchtet ein. Wozu aber haben wir die richtigen Schwerter dabei?«

»Für eine weitere, noch lautere Übung. Aber besser ohne Treffer, denn auch mit einem stumpfen Schwert kann man noch beträchtlichen Schaden anrichten. Du musst noch ein Gefühl dafür bekommen, wie es in einem echten Kampf sein könnte. Danach werde ich Ruhe halten müssen. Ab morgen musst Du selbst allabendlich und im Schutze der Dunkelheit lernen. Ich werde dich anleiten können, einen Partner zum Kämpfen wirst Du aber nicht haben können.« Als die Schatten länger wurden, klang der Ton zweier aufeinanderschlagender Schwerter hell über die Lichte und auch ein ziemliches Stück in den Wald hinein. Dort drangen sie an einige Ohren, bevor sie verhallten. Aus dem Schutze des Waldes heraus wurden sie beobachtet, die beiden Kämpfer, von denen einer erst noch lernen musste, wie seine Arme und Handgelenke mit der schweren Waffe umzugehen hatten und der seine Muskeln hierfür erst noch trainieren musste, während der andere schon längst über seinen Zenit als Kämpfer hinaus war, sofern er ihn jemals erreicht hatte und dessen Arme bald nicht mehr mit genügend Kraft die Hiebe würden ausführen können. Das Einzige, was ihn überlegen machte, war ein gewisses Geschick beim Umgang mit dem Schwert. Der Beobachter blieb im Schatten. Langsam ging er am Waldesrand entlang, umrundete dabei fast die gesamte Lichte, die Kämpfer nicht aus den Augen verlierend, bis er endlich sah, was ihn angelockt hatte. Dort saß sie, von hohem Gras umgeben auf eben jenem flachen Fels, auf dem er einst eng an sie geschmiegt ihren Schlaf bewacht hatte. Damals vor vielen Sommern. Weiter ging er im Schutz des Waldes um die Kämpfer. Er spürte, dass die vertraute Seele schon längst um seine Anwesenheit wusste. In ihrem Rücken trat er aus dem Dickicht, pirschte sich langsam heran. Abaelards Kräfte schwanden zusehends, zu lange schon hielt er das Schwert in die Höhe, brachte es stets in die Lage, die Joseph ihm ansagte, um dort auf dessen Schwert zu treffen. Durch die Schwingungen des Aufpralls schien sich das Gewicht des Schwertes noch zu vervielfachen. Kaum noch war er Herr über seine Muskeln. Doch eine Bewegung im Augenwinkel ließ ihn jede Anstrengung vergessen. Augenblicklich rannte er los. Das Schwert zum Schlag erhoben. Erst wusste er nicht, was sich da hinter Rossinhols Rücken aufbaute, groß war es, mit grauschattiertem Fell und leuchtenden orangefarbenen Augen. Als er den Wolf erkannte, fing er an, panisch ihren Namen zu rufen. Erschrocken riss sie ihre Hände in die Höhe. »Abaelard! Nein!« Der Wolf stand nun neben ihr, knurrte ihn mit gefletschten Zähnen an, das Fell aufgestellt, war er bereit, den Angreifer abzuwehren und zu töten, koste es, was es wolle. Erst als sich Rossinhols Hand auf den Kopf des Wolfes legte, begriffen die Kontrahenten, dass sie keine waren. Abaelard fiel das Lied ein, welches sie ihm gesungen hatte: ‚ ... dort sollte es von Wölfen und Rehen bewachet sein ...‘ Abrupt bremste er seinen Lauf, kam nur wenige Schritte vor dem Fels zum Stehen, gab seinem überanstrengten Körper nach, fiel auf die Knie und seine Waffe klang zum letzten Mal für diesen Tag hell, als sie auf einem Stein zum Liegen kam. Auch der Wolf beruhigte sich. Seine Nase auffordernd an Rossinhols Wange reibend, gab er ein freudiges und unterwürfiges Geräusch von sich. Rossinhol umarmte ihn wie einen alten Freund. »Schön, dass Du gekommen bist, ich muss mich nur noch ein wenig um meine Liebsten kümmern.« Wäre etwas später ein Wanderer an der Lichte vorübergegangen, es hätte sich ihm ein erstaunliches Bild geboten. Ein alter und ein junger Mann, die neben ihren Schwertern an einem Fels lehnten, auf dem wiederum ein Wolf lag, der ganz entspannt den Abend zu genießen schien. Nicht weit von ihnen trat von einem Wolf und einem Reh begleitet eine wahre Schönheit mit zwei Krügen Wasser aus dem Wald. Vögel aller Art fanden sich ein, als hätte es gegolten, demnächst nach Süden aufzubrechen. Falken und Raben, die ewigen Gegner, saßen entspannt nebeneinander in den Bäumen und hätte der Wanderer noch genauer hingesehen, so hätte er Hasen, Füchse, Mäuse, Igel und sogar Salamander im hohen Gras herankommen sehen. Für das mächtige Geweih, welches am Rand der Lichte zwischen Bäumen aus dem Dunkel erschien, bedurfte es allerdings keiner besonderen Aufmerksamkeit. Der riesige Hirsch schritt geradewegs auf den Fels mit dem Wolf und den Männern zu, welche von der rothaarigen Schönheit geküsst wurden, bevor sie zu singen und zu tanzen begann. Kein anderer Laut war zu vernehmen, selbst das Laub in den Bäumen hörte auf zu rascheln, einzig, um sich an ihrer Stimme, ihrem Tanz und ihrer Schönheit zu erfreuen. Schon lange stand der Mond über dieser friedlichen Zusammenkunft, als die Sonne nun auch ihre letzten Strahlen mit hinter den Horizont nahm und ihren ewigen Gefährten nun alles in ein warmweißes, heimeliges Licht tauchen ließ. Bis weit in die Nacht dauerte Rossinhols Tanz, bis schließlich auch der Mond sein letztes Licht zwischen den Bäumen hindurch auf die Lichte sendete und der Sonne folgend hinterm Horizont verschwand. Dunkelheit legte sich über die eingekehrte Stille. Friedliche Dunkelheit in einer warmen Sommernacht, in der von den Tieren des Waldes bewacht die Kämpfer und die Tänzerin in einen tiefen Schlaf fielen.

Kapitel 7

Die Abendstunden waren für Rossinhol immer die schönsten des Tages. Wenn Vater und Abaelard nach dem Essen noch ein Stück in den Wald gingen, um mit dem Schwert zu üben, kletterte sie immer auf einen Baum und schaute den beiden zu. Joseph dirigierte die Hiebe aus sicherer Entfernung mit einem langen Zweig. Nach und nach wurde es ein Leichtes für Abaelard, die schwere Waffe über einen längeren Zeitraum in der Hand zu schwingen, Hiebe auszuführen, zuzustechen, es über den Kopf hinter seinen Rücken zu bringen und in Windeseile wieder nach vorn. Nach dem Training wartete Rossinhol stets noch eine Weile, bevor sie von ihrem Versteck im Baum herunter kam, um ihren Männern zu folgen. Danach verbrachten sie meist noch einige Zeit in der Küche, redeten über den Tag, den Schwertkampf und die Aufgaben der nächsten Tage. Rossinhol saß auch hier niemals bei Abaelard, sondern auf dem Boden zwischen der Tür und dem Fenster, da sie auf diese Weise vor Blicken in das Haus geschützt war. Dieser Zwang, sich zu verstecken, machte ihr nichts aus. Es war zu ihrer Normalität geworden. Seit Abaelards

Ankunft in ihrem Leben war sie trotz dieses ewigen Aufpassens zum glücklichsten Menschen überhaupt geworden. Ist doch dieser junge Mann ihrem Ruf gefolgt und hat sie, allen Widrigkeiten zum Trotz zu der seinen gemacht. Niemals würde er sie verraten, niemals verlassen. Das wusste sie, hatte sie doch seine Seele geschaut, und diese war die reinste und ehrlichste, in die sie jemals gesehen hatte. Viele Menschen, die seit einiger Zeit zuhauf die Schmiede aufsuchten, hatte sie von ihrem Versteck aus heimlich beobachtet. So viel Schlimmes gab es zu sehen, wenn sie einen Blick in deren Seelen warf. Angst vor Abaelard und Hass auf ihren Vater gab es bei fast allen zu entdecken, vor allem aber bei Abaelards Mutter. Andere waren schlicht von Neid und Missgunst auf alle anderen Menschen zerfressen, manche waren süchtig nach Macht und Besitztümern und scherten sich einen Dreck um ihre Mitmenschen, von ihrer Haltung gegenüber den Tieren ganz zu schweigen. Dann gab es noch einige, das waren die schlimmsten überhaupt, in deren Seele kochte förmlich die Gewalt, sie waren blutrünstig, konnten sich am Leid anderer ergötzen und keine Brutalität konnte ihnen schlimm genug sein. Zu Rossinhols Erstaunen gab es hierbei keinerlei Unterschied zwischen Männern und Frauen. Ein einziger Besucher nur war immer anders gewesen, stets kam er in Trauer, voller Sehnsucht und

Verzweiflung, und es machte Rossinhol das Herz schwer. War sie doch der geheime Grund dafür, dass diese Seele leiden musste. Aber er durfte es nicht erfahren. Niemals. Sie war sich sicher, dass ihn die Wahrheit um ihre Person heilen könnte, aber der Preis könnte zu hoch sein. Viel zu hoch. Niemand sonst durfte von ihr erfahren. Doch es nagte an ihr, setzte ihr zu. Tag für Tag. Nacht für Nacht. Hatte sie ihn doch seines einzigen Kindes beraubt. Eines Abends, es war schon spät und die Dämmerung sollte bald der Dunkelheit weichen, saßen sie wie immer zu dritt in der Küche, als es unerwartet an die Tür klopfte. Leise und schnell stieg Rossinhol die Leiter hinab und schloss gerade die Bodenluke, als sie Matthias rufen hörte: »Joseph! Abaelard! Wir müssen reden! Ich sah euch.« Die wohlgeschmierte Luke gab nicht das leiseste Geräusch von sich, als Rossinhol sie wieder ein Stück öffnete und diesen letzten, leisen und beinahe verzweifelt klingenden Satz vernahm. »Euch drei, ich sah euch drei.« Hastig tauschten sie Blicke aus. Keiner wusste, was es zu tun galt. Nach ewigen Sekunden deutete Joseph mit einer Handbewegung, sie solle nach unten gehen, während Abaelard zur Tür ging, um sie zu öffnen. »Vater, komm herein! Die Nacht wird kühl. Warum so spät?«

»Wo ist sie, Abaelard?«, verlor er keine Zeit. »Gewiss ist sie deine Frau. Gewiss habt ihr Gründe, euch vor der Welt zu verstecken. Aber doch nicht vor mir. Ich bin dein Vater!«

»Wovon sprichst Du?«, gab sich Abaelard unwissend, während er die Tür schloss und seinem Vater einen Platz anbot.

»Mein Junge, die Gerüchte sind unerträglich, das Geschwätz in der Stadt nimmt schlimmste Ausmaße an. Ich konnte es nicht wahrhaben. Also beobachtete ich euch, sowie ich Zeit dafür fand. Fürwahr, ihr treibt dieses Spiel mit großem Geschick. Aber warum versteckst Du solch eine schöne Frau vor der Welt? Setzt dich damit grausamen Anschuldigungen aus und brichst mir das Herz.«

»Seid Ihr allein gekommen?«, fragte Joseph mit einigem Nachdruck.

»Natürlich. Ich sprach mit niemandem.«

»Ihr seid ein ehrenwerter Mann und wir trauen Euch. Ist Euch gewiss niemand gefolgt?«

»Ich bin sicher. Ich sagte, es gäbe Arbeit in der Schreibstube.«

»Bringe deinem Vater ein Glas Wein, Abaelard. Nun sind wir wohl zu viert. Kein guter Umstand. Überhaupt kein guter Umstand. Aber es ist geschehen und wir müssen damit umgehen. Also gut, Matthias. So sollt Ihr es erfahren.« Joseph begann, Matthias von Rossinhols Geburt zu berichten. Drei Tage hatte seine Frau leiden müssen. Drei elende Tage, in denen die

Hebamme versuchte, das Kind zu drehen, eine Hand in der Mutter, eine auf ihrem Bauch und den Vater darin anleitend, wie und wo er mit aller Kraft auf seiner Frau pressen und massieren sollte. Drei ewige Tage voller Schreie, Tränen, Kampf, Hoffnung, Verzweiflung. Drei unendliche Tage ohne Schlaf. Drei Tage Todeskampf. Am Ende dieser drei Tage war aus der Schmiede eine blutgetränkte Hütte geworden, in der die Hebamme zusammen mit dem Schmied ein lebloses Bündel an den kleinen Beinchen und mit dem Kopf zuhinterst aus einem toten, kreidebleichen Körper gezogen hatten. Ein Bündel mit einer unglaublichen roten Haarpracht. „Gott sei Dank ist es tot!", hatte die Hebamme sogleich laut ausgerufen, nachdem sie dieser langen, dichten, gelockten roten Haare gewahr geworden war. Sie fing an, etliche Vaterunser zu beten. Der Schmied aber schloss sein Kind in die Arme und legte sich damit zu seiner toten Frau. In einem See aus Blut lag er und trauerte um seine Familie, die er eng umschlungen hielt. »Ihr tätet besser daran, diesen Teufel direkt in euer Schmiedefeuer zu werfen«, waren die Worte der Hebamme, bevor sie aus dem Haus eilte. Doch kaum war die Tür hinter ihr ins Schloss gefallen, fing das Kind an zu schreien. Panik ergriff die Hebamme. Obwohl völlig ausgezehrt von den letzten drei Tagen, rannte sie laut betend den ganzen Weg in die Stadt.

Direkt zum Dechant, damit dieser der neugeborenen Hexe sofort den Garaus machen würde. »Jahrelang«, fuhr Joseph fort. »Jahrelang kamen sie immer wieder, um zu prüfen, ob ich mein Kind nicht doch heimlich aufziehe und es tatsächlich gestorben sei. Glücklicherweise hat sich niemand gewagt, das Grab zu öffnen. Aus Angst, den Teufel selbst zu befreien.« Die Luke im Boden öffnete sich, und Rossinhol stieg heraus. Ohne ein Wort zu verlieren, ging sie zu Matthias und sah ihn an. Aus kürzester Entfernung blickte sie mit ihren grünen Augen bis in den letzten Winkel seiner Seele. Sehr lange verharrte sie vor ihm. »Unsere Zeit zu viert ist bereits abgelaufen, bevor sie begann. Ihr kamt nicht allein. Ich spüre es. Wohl kamt ihr mit ehrenvollen Absichten, doch Ihr wurdet betrogen. Zwei sind Euch gefolgt. Eure Frau und Eure Magd lauschen vor der Tür. Es ist vorbei. Alles ist vorbei. Geht nun bitte. Wir müssen uns auf das Ende vorbereiten.« Matthias sprang auf, in zwei Schritten war er bei der Tür, sprang hinaus und fand tatsächlich die beiden Frauen. »Dummes Weibsvolk! Was habt ihr getan!?«

»Mit dem Deibel sind sie im Bunde!«, schrie die Magd.

»So ein Blödsinn!«

»Ach, und wie wurde der Hexe gewahr, dass wir hier draußen sind? Elende Teufelsbrut!«

»Hör auf!«

»Du bist auch schon besessen! Mit Schönheit sich der dunkle Fürst tarnt und ihr alle folgt ihm. Ihr alle!«, waren die letzten Worte, die Matthias von seiner Frau hörte, bevor sie mit der Magd in der Dunkelheit verschwand. Er rannte ihnen ein Stück hinterher, stoppte dann aber und blieb mitten auf dem Weg stehen. Als ihm die Folgen dieses Abends dämmerten, sank er in sich zusammen. Ihm wurde klar, was nun passieren würde. Man würde sie verhaften, alle vier. Wenn der Dechant ein Einsehen hätte, gäbe es vielleicht keine peinliche Befragung, aber dem Tode war er geweiht, sie alle waren dem Tode geweiht, und es war seine Schuld. Was sollte er nun tun? Zurück in die Schmiede gehen und die um Vergebung bitten, die um seiner Neugier Willen würden sterben müssen? Nach Hause laufen und darauf warten, dass ein wütender Mob ihn zu Tode prügelte? Seine Frau und die Magd würden keine Zeit verlieren, diese Neuigkeit zu verbreiten, selbst in tiefster Nacht nicht. Gut würde es für seine Frau ausgehen, bekäme sie doch das Erbe und Abaelard würde ihr nicht im Weg sein. Was also tun? Sich selbst das Leben nehmen? So könnte er sich wenigstens aussuchen, wie es geschehen sollte. Eine Hand legte sich auf seine Schulter, eine große und starke Hand. »Die Liebe eines Vaters lässt uns oft unvorsichtig werden«, sagte Joseph. »Kommt ins Haus. Vorbereitungen sind zu treffen.«

»Was wollt Ihr denn vorbereiten?«

»Den Tod unserer Kinder und den unsrigen.«

»Was habt Ihr vor?«

»Rossinhol wartet, sie wird es erklären.« Zusammen gingen sie zur Schmiede. Matthias begann zu weinen, als er die zwei hölzernen Stufen zur Tür erklomm. Sollte er doch nach allem, was geschehen war, seinem Sohn nun in die Augen schauen. Zu seiner Verwunderung nahm ihn Abaelard in die Arme. Trotz allem. Er war verantwortlich, er allein. Joseph drängte ihn, sich an den Tisch zu setzen, da die Zeit knapp sei und bald darauf begann Rossinhol zu reden: »Der Tod ist in unsere Hütte gekommen und wird sich in diesem Heim kein zweites Mal überlisten lassen. Ihr müsst wissen, ich sehe viele Dinge in meinen Träumen. Viele Dinge aus dem Himmel und der Hölle gibt es, die ich weiß, weil sie mir im Schlaf gezeigt wurden. Aber nur eines davon geht uns nun an. Vater und ich hatten eine Vereinbarung. Wenn der Tod unausweichlich sein würde, so müssten wir gemeinsam sterben. Auf gleiche Weise, zur selben Stunde, ohne Angst und mit dem Wissen, zusammen als ein höheres Wesen in der zweiten Welt zu bestehen.«

»Was ist die zweite Welt?«, fragte Matthias.

»Die Welt der Träume. Traumelben werden auf diese Weise geboren. Ein Traumelb entsteht, wenn zwei verbundene Seelen gleichzeitig den Tod empfangen.«

»Wenn das euer Wunsch ist, so werde ich es gewiss nicht tun«, warf Abaelard ein und klang verzweifelt. Niemals könnte er Joseph oder gar Rossinhol ein Leid antun, selbst dann nicht, wenn sie es verlangen würden.

»Liebster, dies ist auch nicht der Wunsch, den ich hege. Unser beider Tod soll dich und mich in die zweite Welt führen. Auch das habe ich bereits mit Vater besprochen. Ich wollte dir davon berichten, aber nicht so bald. Ich wünschte, wir hätten mehr Zeit in dieser Welt haben dürfen.«

»Dafür bedarf es keiner Debatte. Mit dir gehe ich überall hin. Selbst in den Tod. Lieblich wäre mir das Sterben, wüsste ich dich an meiner Seite.«

Joseph wandte sich an Matthias: »Nun, ich sehe keinen Schwertkämpfer in Euch. Aber eben dies deucht mir die schnellste Weise zu sein, unsere Kinder zu befreien.«

»Niemals!«

»Dann brennen wir alle. Jeder für sich wird ganz allein feststellen, wie langsam und grausam eine Flamme tötet.«

»Das könnt Ihr nicht verlangen.« Matthias blickte in die Runde und wartete auf die Erlösung, von der er wusste, sie würde nicht kommen.

»Ich für meinen Teil ließe mir lieber von meines Vaters Hand den Kopf abschlagen, als vor einem geifernden Pöbel verbrannt zu werden«, versuchte Abaelard sich standhaft zu zeigen. In ihm allerdings sah es ganz anders aus. Den Tod vor Augen, wie auch immer dieser aussehen mochte, begannen seine Knie unter dem Tisch zu zittern.

»Fliehen! Fliehen wäre doch eine Möglichkeit«, versuchte sein Vater den nächsten Strohhalm zu greifen, doch das kam für Joseph nicht infrage: »Jagen würden sie Euch, für vogelfrei erklären, nirgendwo wäret Ihr sicher. Ich halte Euch nicht, so Ihr diesen Weg für Euch wünscht. Nehmt aus meinem Haus, was Ihr benötigt, aber Ihr würdet allein gehen. Rossinhol und ich jedoch haben schon vor langer Zeit beschlossen, wie es geschehen soll und wenn ich es bedenke, käme euer Sohn auch nicht mit Euch.« Abaelard schüttelte den Kopf, seine Augen blickten abwechselnd ins Leere und hilfesuchend zu Rossinhol. Dieser unbedachte Ausruf, in dem er seinen frühen Tod feilgeboten hatte, um Rossinhol besitzen zu dürfen, fiel ihm ein. Nun war es tatsächlich so weit gekommen. Die Leichtfertigkeit seiner Worte holten ihn ein, es gab kein Zurück, er selbst hatte es heraufbeschworen. Sie legte ihre Hand auf seine. »Ich kenne deine Bedenken, ich selbst hege solche. Doch ist unsere Zeit gekommen und mein Ende soll auch mein Eigenes sein, und sollte es wahrlich sein, was mir über die zweite Welt bekannt, so gäbe es nur einen, mit dem ich in alle Ewigkeit träumen will.« Die Angst stand auch ihr ins Gesicht geschrieben, in ihren Augen jedoch glühten die Überzeugung und der Wille, das Finale selbstbestimmt zu erleben. Sie tauschten ein kaum sichtbares Nicken aus. Es war beschlossen. Joseph, noch immer der standhafteste von allen, erhob sich. »Wenn ihr es wünscht, so werde ich es tun. Das Schwert sollte auch gut und schnell genug für zwei sein.« Er wandte sich Matthias zu. »Auch Euch kann ich diesen Dienst erweisen.«

»Was wird mit Euch sein?« Fast mitleidig klang die Stimme des Mannes, der in wenigen Minuten sein Eigenes und die Leben drei anderer verwirkt hatte. Kam es ihm doch schon fast wie eine Erlösung vor, einen schnellen Tod von dem erfahren zu dürfen, den er verraten hatte und der sich in Folge selbst würde richten müssen.

»Der Rauch eines Schmiedefeuers in einem Raum tötet schneller als die Flamme. Es wird nichts bleiben, das sich später zu holen lohnt. Ich warte draußen. Kommt zu mir, wenn Ihr bereit seid.« Die Tür schloss sich hinter dem großen Mann und für Abaelard war es an der Zeit, sich von seinem Vater zu verabschieden. Während sie sich in den Armen lagen, fiel ihm auf, wie selten sie sich überhaupt ihre Liebe gezeigt hatten. »Es ist an der Zeit. Zu lange schon sitzen wir hier. Ich fürchte, sie kommen noch in der Dunkelheit. Ich fürchte, sie kommen bald.« Auch hinter ihm schloss sich bald die Tür. Matthias war nun mit Rossinhol allein und am Ende seines Lebens erfuhr er von ihr eine wahre Segnung. Zärtliche Hände umschlossen sein Gesicht, Lippen wie aus kühlem, weichem Moos erfrischten seine glühende Stirn und bald auch seine Lippen, welche heiß vor Angst, Schmerz und Scham waren. »Ihr seid ein guter Mann, Matthias. Ihr habt eine gute Seele und habt sie an Euren Sohn weitergegeben. Fürchtet Euch nicht. Schönste Welten erwarten Euch. Wälder und Seen im ewigen Frühling, weite Meere und höchste Berge mit eisig schönen Gipfeln werden Euer Herz mit warmer Freude zu füllen vermögen. Und wo Ihr auch geht, wird Frieden sein. Liebe und Frieden.«

Kapitel 8

Unsinnigerweise galt Abaelards Sorge Rossinhols Knien, die auf einem Stein ruhten, um etwas größer zu sein, damit ihre Augen auf gleicher Höhe waren. Seine Eigenen ruhten im weichen Gras und sein selbst erwählter Henker stand hinter ihm. Ein letzter Kuss besiegelte ihr Schicksal. In der Morgendämmerung sah er zum letzten Mal in diese Augen, die aus einem Grün waren, als hätte sich die Schönheit sämtlicher Wälder, Wiesen, Auen und Felder dieser Welt in ihnen vereinigt. Ohne Angst nahm er den glänzenden Stahl zu seiner Rechten wahr. Zwei, – drei Mal prüfte Joseph die Position des Schwertes, holte aus, prüfte erneut und Abaelard sah in das Schönste, das die Natur jemals hervorgebracht hatte. Wieder war das Schimmern der Klinge aus seinem Blick verschwunden, als sich diese wundervollen Augen vor ihm panisch weiteten. Im selben Moment hörte er ein Zischen, doch der Klang eines durch die Luft geschwungenen Schwertes war es nicht. Das Zischen vermehrte sich. Rossinhol sprang auf. Schreiend. Aber kein Laut aus ihrer Kehle schien an sein Ohr zu dringen. Da war nur dieses Zischen, und es schien sich weiter zu vermehren bis es augenblicklich mit mehreren dumpfen Tönen verstummte. Im Morgenlicht flackernd und sich unkontrolliert drehend fiel das Schwert rechts von ihm auf den Boden. Sein linker Arm wurde hochgerissen. »Abaelard!«, schrie Rossinhol. »Holt euch die Hexe! Tötet die anderen!«, riefen mehrere Männerstimmen. Reflexartig griff er nach dem Schwert und sprang auf, unsicher, was ihn erwarten würde. Seine Liebe mit der Linken hinter seinen Rücken bringend, schwang er das Schwert in die Richtung, aus der die Stimmen kamen. Zwei Dutzend Männer standen da. Einige senkten gerade ihre Bögen, einige Weitere stürmten gerade durch die Tür in das Haus. Joseph lag neben ihm. Schwere tiefe Atemzüge machend starrten ihn die Augen dieses Mannes im Todeskampf aus einem gelähmten Körper an. Im nächsten Moment flog der Körper seines Vaters aus der Haustür. Lebend. Noch. Denn schon fand sich einer, der seinen mitgebrachten Speer in den um Gnade flehenden Mann stieß. Wieder und wieder. Für Bedauern war keine Zeit, es ging jetzt einzig darum, seine Liebe zu retten. Vaters Vorschlag zur Flucht war nun doch Realität geworden. Rossinhols Hand lag wie ein gutes Omen auf seiner Schulter. »Bleib dicht bei mir!«, rief er, ohne zu ihr schauen zu können. Die Männer kamen näher. Zogen ebenfalls ihre Schwerter. Es waren Söldner. Wo um alles in der Welt hatte seine Mutter mitten in der Nacht Söldner aufgetrieben? Aber auch das war in diesem Moment egal. Jetzt galt es. Er griff an. Nach zwei Streichen bemerkte er, dass ihre Schwerter kürzer waren und seine Klinge tatsächlich so scharf wie es nur die eines Schmiedes sein konnte, denn fast augenblicklich fiel ein Arm zu Boden. Davon angestachelt ging er weiter gegen die Angreifer vor. Rechts, links, Hiebe abwehren und direkt austeilen. Er schien Erfolg zu haben. Einer nach dem anderen erhielt mindestens eine Verletzung, deren Ausgang ungewiss sein würde. Aber auf seine Gegner vor ihm konzentriert, vergaß er Rossinhol in seinem Rücken, ihr Schrei schoss wie ein Blitz durch seinen Kopf. Sie schien nicht mehr hinter ihm zu stehen, denn er kam aus einiger Entfernung. Sein Schwert stieg in die Höhe, führte einen Streich hinter seinem Rücken aus und traf. Wen oder was auch immer. Nur hoffentlich nicht Rossinhol. »Der Wald! Lauf in den Wald!«, schrie sie weiter. Dann drangen statt ihrer Stimme nur noch erstickende Laute an sein Ohr. Sich einmal um seine eigene Achse drehend, versuchte er, die Situation zu erfassen. Drei Männer schleppten ein zappelndes Bündel weg. Rossinhol! Ein Vierter schleppte sich selbst verletzt davon. Der Weg war frei. Der Weg in den Wald. Aber nicht allein. Niemals ohne sie. Niemals! Mit unendlicher Wut wandte er sich wieder seinen Gegnern zu. Auf sie zustürmend, glaubte er bei einigen Angst in den Augen erkennen zu können. Er war bereit. Jetzt und hier würde er jeden töten, der es wagte, sich zwischen sie zu stellen. Wieder ein Arm, ein Hieb in einen Leib und auf einmal ihre Stimme in seinem Kopf. »Der Wald, Liebster. Es sind zu viele und es werden immer mehr. Der Wald!« Er zweifelte nicht daran. Alle Kraft musste sie aufgewendet haben, um ihm im wachen Zustand diesen Gedanken zu senden. Im Augenwinkel sah er diese sehr kleine Kutsche davonfahren. Sie war aus dicken Balken gefertigt und mit schweren eisernen Beschlägen gesichert, winzige Fenster ließen dem, der in ihr saß, gerade genug Luft zum Atmen. »Der Wald!«, tönte es wieder in seinem Kopf. Dann sollte es so sein. Sie war in der Kutsche. Er hatte versagt. Der Wald. Ein Schritt rückwärts. Der Wald. Sein Gegner erwartete einen Angriff und hob das Schwert zur Abwehr. Diesen kurzen Moment nutzend, drehte sich Abaelard und rannte los. In den Wald. »Er flieht! Ergreift ihn! Tötet ihn!«, wurden hinter ihm Befehle gebrüllt. Nach nur wenigen Metern spürte er den ersten Verfolger hinter sich. Es war gerade hell genug geworden, um sich einigermaßen im Dunkel unter den Bäumen zurechtzufinden. Er rannte auf dem Pfad, welcher zu der Lichte führte, auf der sie zur Sonnenwende waren. Seine Verfolger kamen näher.

Viele Schritte waren hinter ihm und plötzlich Augen vor ihm. Orangefarbene Augen, die das schwache Licht der Morgendämmerung reflektieren und gefletschte Zähne. Zornig und blutrünstig sprang ein Wolf direkt auf ihn zu. Dicht darauf folgte ein zweiter, ein dritter, ein ganzes Rudel stürzte sich ihm entgegen. Jede Kraft schwand aus seinen Muskeln. Den Tod erwartend durch Schwert oder Reißzähne blieb er stehen. Alles war vorbei. Jede noch so kleine Chance war vertan. Schlimmer konnte es gar nicht mehr kommen. Der erste Wolf flog ihm entgegen und an ihm vorbei wie auch alle weiteren des großen Rudels. Panische Schreie sterbender Männer, verwoben mit dem hasserfüllten Knurren der Wölfe, machten den Wald im Zwielicht der Dämmerung zu einem Schlachtfeld mit ungleichen Chancen. Abaelards Beine versagten ihren Dienst, das Schwert ging zu Boden, Tränen liefen in Strömen und sein Körper fiel in sich zusammen. Die Beine mit den Armen umschlossen haltend, lag er auf dem Waldboden und weinte hemmungslos. Bald spürte er eine Nase an seiner Wange, eine weitere an seiner Stirn, ein weiches Fell legte sich an seinen Rücken und eine Zunge leckte ihm die Tränen aus dem Gesicht. Das leise Fiepen der Wölfe tröstete ihn nicht, aber er war wenigstens nicht allein in seiner Trauer.

Schlaf. An ihn war nicht zu denken. Seit zwei Tagen war er wach. So sehr er sich mühte einzuschlafen, um ein Zeichen bekommen zu können, so sehr misslang es ihm und je mehr er sich zu beherrschen versuchte, desto mehr liefen ihm die Tränen ohne Unterlass. Einer der Wölfe war ihm nicht von der Seite gewichen. Sie kannten sich bereits, es war der große Grauschattierte mit den orangefarbenen Augen, welcher sie zur Sonnenwende auf dem Fels besucht hatte. Er bewachte die Umgebung, als Abaelard zur Schmiede zurückging. Die Toten waren weggebracht worden, auch die aus dem Wald. Den Leichnam seines Vaters konnte er nicht finden. Nur Josephs Körper lag noch da. Von acht Pfeilen durchbohrt, musste auch er einen schlimmen Tod erfahren haben. Abaelard holte eine Hacke und eine Schaufel. Er grub an der Stelle, an der Rossinhol ihm einst das Grab ihrer Mutter gezeigt hatte. Irgendwann stieß er auf Knochen, hob die Grube groß genug aus, damit Joseph in ihr Platz finden würde. Nachdem das Grab verschlossen war, kam der Wolf und stellte sich für einen Moment neben ihn. Ganz dicht, sodass sie sich spüren konnten, und sie nahmen Abschied von Joseph. Eine Decke, etwas Essen, Kleidung, ein Messer, Feuerstein und Eisen packte er in ein Bündel und ging mit dem Wolf zurück in den Wald. Sie liefen, bis sie auf der Lichte waren. Abermals überkam Abaelard das Leid, abermals brach er zusammen, abermals weinte er hemmungslos und abermals spendete ihm der Wolf Trost. Auf dem Fels, auf dem ihn Rossinhol einst bei seiner ersten Übung mit dem Schwert beobachtet hatte, schlief er endlich ein. Die Nacht war kühl, aber mit einem lebendigen, wärmenden Fell vor sich spürte er nichts davon. Er stand zusammen mit dem Wolf zwischen Bäumen bei der Schmiede und wusste, er war in einem Traum. Sie war bei ihm, Rossinhols Gefühle waren in ihm. Um sich ihm zu zeigen, fehlte ihr die Kraft. Zu grausam waren die Verhöre und überdies völlig unnütz, da sie direkt gestanden hatte, eine Hexe zu sein. Der einzige Zweck, den diese Qualen hatten, war, einigen ekelhaften Menschen die Genugtuung der Macht über jemand anderen zu bescheren. Trotzdem waren die Liebenden verbunden, und sie riet ihm, bei den Wölfen zu bleiben und abzuwarten, indem sie ihm ein Gefühl der Sicherheit spüren ließ, wenn er den Wolf ansah. Im nächsten Moment stand er an Josephs Grab und eine tiefe Dankbarkeit überkam ihn. Kurz darauf löste sich sein Körper auf, einfach so, in nichts. Alles, was von ihm übrig blieb, war ein Licht und als solches stieg er hoch empor. Über den Wolken wurde es dunkel, Sterne waren zu sehen und ein zweites Licht hielt auf ihn zu. Sie war es, Rossinhol, sein Licht in der Dunkelheit. Als sie aufeinandertrafen, verschmolzen sie zu einem großen, strahlenden Wesen, einzig aus ihren beiden Seelen bestehend. Sie spürten einander, trennten sich wieder und umkreisten sich gegenseitig. Keine Trauer, kein Schmerz und kein noch so grausames Leid dieser Welt konnte mächtiger sein als diese Liebe, welche er in diesem Moment erfuhr. Alles schien möglich und alles nur aus Liebe. Angefüllt von solch großen Gefühlen wachte er auf und wusste, was zu tun sei und was für eine atemberaubende Zukunft ihm die Ewigkeit mit Rossinhol bieten würde. Nichts hielt ihn nun mehr auf dieser Welt. Er musste nur noch auf das Zeichen warten, dann käme er zu ihr, dann würden sie vereint sein. Lange musste er nicht warten. Schon in der nächsten Nacht, im nächsten Traum, sah er den Scheiterhaufen auf dem Marktplatz stehen. Er begann zu fliegen, sah die Stadt von oben, der Scheiterhaufen brannte mittlerweile. In der Ferne war noch ein zweites Feuer zu sehen. Es war die Schmiede, die lichterloh in Flammen stand. Kaum erwacht machte er sich auf den Weg. Sein Begleiter schien immer genau zu wissen, was er vorhatte. Ruhig blieb er auf dem Fels sitzen und ließ sich von Abaelard zum Abschied umarmen. Ein letzter Blick in die orangefarbenen Augen, dann nahm er sein Bündel, schaute noch einmal über die Lichte. Das Rudel der Wölfe kam, um seinen Anführer abzuholen, und Abaelard ging an seinem letzten Tag auf Erden voller Vorfreude in Richtung der Stadt. An der Schmiede angekommen, legte er sein Bündel in die Küche. In den vergangenen Tagen mussten schon etliche Plünderer versucht haben, in der Schmiede etwas Brauchbares zu finden. Jeder Winkel war durchwühlt, Fenster zerschlagen, die Tür lag neben dem Haus und natürlich war jeder im Keller gewesen. Hier roch es nach Kot und Urin, warum, wollte Abaelard gar nicht wissen. Alles, was er suchte, waren Holz und Öl. Ein letztes Mal schlug er mit dem Feuereisen Funken ins Stroh, um den Ofen der Schmiede zu entzünden. Er stapelte in der Küche, dem Keller und dem Schuppen Holz auf und übergoss es mit dem bisschen Öl, das er noch finden konnte. Mit glimmenden Scheiten aus dem Schmiedefeuer entzündete er die Stapel und wartete, bis er sicher sein konnte. Nichts durften die Flammen übrig lassen. Lediglich den dünnen Umhang, den er trug, als er an jenem kalten Novembertag mit den Pferden zur Schmiede ging und das Schwert überließ er nicht den Flammen. Als würde er den Weg einfach nur zurückgehen, erinnerte er sich an diesen kalten Morgen, an dem sich sein Leben komplett geändert hatte. Die Tore der Stadt wurden seit Jahren nicht mehr bewacht, lange Zeit schon kannten die Bewohner weder Krieg noch Not. Das hatten andere Generationen vor ihnen erdulden müssen. Von einem einzelnen geflüchteten Schmied hatte man wohl nichts zu befürchten. Er zog sich die

Kapuze des Umhangs tief ins Gesicht, verbarg sein Schwert und mischte sich unter die vielen Leute, die sich alle auf den Weg zum Markt befanden. Unfassbare Dinge schnappte er auf, welche man sich über Rossinhol, Joseph und ihn erzählte. Von Zaubertränken war die Rede, nackten Tänzen ums Feuer und geopferten Tieren, deren Blut sie getrunken haben sollen. Einfach jedes große und kleine Unheil der letzten Jahre wurde ihnen zu Last gelegt. Manche hatten Mitleid mit Abaelard, da er von dieser garstigen Hexe umgarnt und seine Seele dem Teufel vermacht worden war. Es war ihm egal, sollten sie glauben, was sie wollten. Auf dem Marktplatz angekommen, war schon die halbe Stadt versammelt. Nun galt es unerkannt durch die Menge zu kommen. So unauffällig wie möglich ging er an den Häusern entlang, welche den Marktplatz säumten. Die ängstlichen Bürger hatten den Scheiterhaufen nur wenige Meter neben dem Brunnen errichtet, um die Flammen schnell wieder löschen zu können. Von der recht hohen Mauer des Brunnens war es fast möglich, direkt an den aufrecht stehenden Pfahl zu springen. Diese Feiglinge hatten ihm tatsächlich eine ideale Vorlage gebaut. Ein Raunen ging durch die Menge, als das Pferdegetrappel der Kutsche zu hören war, doch alsbald verwandelte es sich in Gejohle und Geschrei. Die Kutsche hielt und wurde geöffnet. Was man wie ein Stück Vieh mit einem Seil am Fuß heraustrieb, sah nicht mehr aus wie Rossinhol. Die Haare waren von Blut und Schweiß verklebt, ein einfaches Kleid aus Jute war alles, was sie tragen durfte, und blutige Flecken gaben diesem Fetzen ein schauriges Muster. Ihre Hände waren vor dem Bauch gefesselt und sie humpelte. »So zieh er mal ordentlich!«, rief einer aus der Menge und ihr Bewacher ließ sich den offensichtlichen Spaß nicht nehmen. Mit aller Kraft riss er an dem Seil, sie stürzte und schlug hart auf dem Pflaster des Marktplatzes auf. Die Menge tobte. Auch das Seil um ihre Fessel war blutig, nähme man es ab, so sähe die Wunde wohl genauso aus wie die am anderen Bein. Wut stieg in Abaelard auf. Am liebsten würde er sein Schwert ziehen und dieses ganze kranke Volk abschlachten, einen nach dem anderen und es wäre ihm eine Wonne gewesen. Ein Tritt in den Unterleib erinnerte Rossinhol daran, wieder aufzustehen. Sie tat wie ihr geheißen und stieg die kleine Treppe zu ihrem Ende empor. Für einen kurzen Moment konnte er ihre Augen sehen. Ungebrochener Stolz glühte in ihnen. Bis zu dem Zeitpunkt, da man ein Seil um die Handfesseln legte, welches am oberen Ende des Pfahles befestigt war und damit die Arme in die Höhe zog. Ihr gequälter Schrei drang schmerzerfüllt über den Marktplatz und durch die angrenzenden Gassen der Stadt, dieser stachelte deren

Bewohner aber nur dazu an, noch mehr zu grölen. Der Grund für ihre Schmerzen war schon vorher klar ersichtlich gewesen. Ihre Schultern waren ungleich hoch. Eine musste ausgekugelt sein. Nachdem sie fertig angebunden worden war, schnitt ihr Bewacher das Kleid, welches diesen Namen bei Weitem nicht verdient hatte, entzwei und stellte ihre Blöße zur Schau und erneut stachelte das die Menge an. Doch das Grauen ging für Abaelard noch viel weiter. Denn auch zwischen ihren Beinen war sie verletzt. Blutfluss hatte sie vor zwei Wochen gehabt, das wusste er, also war die Kruste getrockneten Blutes nicht davon. Mit offensichtlich letzter Kraft hob sie den Kopf und schien jemanden in der Menge zu suchen. Sie konnte ihn offenbar nicht spüren. Fast alle Energie musste man aus ihr herausgefoltert zu haben. Kaum sichtbar formten ihre Lippen seinen Namen wieder und wieder. Auch als sich ein paar Vasallen mit Speeren und Hellebarden um den Scheiterhaufen stellten und der Richter das Urteil verlas, hörte sie nicht auf, still nach ihrem Liebsten zu suchen und zu rufen. Erst als der Scharfrichter die Fackel an den Stapel hielt, wurde sie unruhig. Aber es war noch zu früh, das Feuer musste sich erst noch ein wenig entwickeln. Es durfte kein Zurück geben, niemand sollte es schaffen, ihn von ihr zu trennen, wenn er erst einmal im Feuer stehen würde. Bald sollte es soweit sein. Der Gedanke an ein schmerzvolles Ende in der Flammenhölle kümmerte ihn wenig, hatte sie ihm doch gezeigt, welche fantastische Zukunft ihnen beiden bevorstand. Als Lichtwesen, welches den Menschen die Träume bringt. Die Flammen schlugen bereits bis zu Rossinhols Hüfte, dies schien der passende Moment. Abaelard warf den Umhang von sich. Da alle wie gebannt auf das Feuer starrten, war das Überraschungsmoment auf seiner Seite. Mit einem Satz sprang er auf die Mauer des Brunnens. Eine Elle stark war sie und reichte ihm, um darauf Anlauf zu nehmen. Sein Sprung endete direkt neben Rossinhols Bewacher, der ihr kurz vor ihrem Tod auch noch das letzte bisschen Würde nehmen wollte. Nur war es ihm nicht gelungen. Mit einem schnellen Stoß trieb ihm Abaelard das Schwert durch den Hals und ließ es stecken. Zwei Schritte nur noch und ein Sprung ins Feuer trennten ihn von einer Ewigkeit in Liebe. Er nahm Anlauf und sprang die Hände nach vorn gestreckt seiner Liebe entgegen. Doch diese eine Sekunde, in der er ihren Bewacher tötete, war eine zu viel gewesen, denn die beiden Hellebarden der Vasallen vor ihm schossen schon nach unten, um ihm den Weg zu versperren. Jemand ergriff sein Bein, hielt ihn im Flug auf und eine der scharfen Waffen trennte ihm ohne Mühe die rechte Hand ab. Vom Schwung des Sprunges noch immer nach vorn getrieben, fiel die

Hand ins Feuer, direkt vor Rossinhols Füße. Er selber landete vor den Vasallen auf dem Bauch. Ein schmerzvoller Kampf begann. Das Atmen fiel ihm schwer, nachdem er mit der Brust auf das Pflaster gefallen war. Sein Handgelenk sendete wahnsinnige Schmerzen aus. Doch Abaelard schlug mit allem, was er noch hatte, auf die Vasallen ein, um sie zu verdrängen und zum Feuer zu gelangen. Eine Hand und ein blutender Stumpf waren seine Waffen. Sie versuchten, ihn zu halten, doch je mehr sie an ihm zogen, desto rasender wurde er. Galt es doch sowieso zu sterben, nur eben im Feuer, zusammen mit seiner Liebe. Rossinhol stand schon lichterloh in Flammen und rief die ganze Zeit laut seinen Namen, doch es drang nicht mehr zu ihm. Mittlerweile hatten sich ihm alle Vasallen in den Weg gestellt. Einer aber hielt sich plötzlich die Hände vors Gesicht. Er hatte Blut in die Augen bekommen. Blitzschnell reagierte Abaelard. Er griff gerade die Augen seiner Gegner mit seinem blutenden Stumpf an, als das Unfassbare passierte. Die Menge hinter ihm schrie laut auf, doch sie johlten und grölten nicht mehr, Angst hatte sie allesamt ergriffen, Panik gar und die Ersten flohen bereits vom Marktplatz. Stoßgebete und Flüche wurden wild durcheinander geschrien. Rossinhols Fesseln fielen schlaff nach unten. Es gab nichts mehr, was sie hätten halten sollen. Das Feuer brannte noch, jedoch gab es nichts mehr, das es hätte verbrennen sollen, außer das Holz des Scheiterhaufens selbst. Rossinhol war verschwunden und ebenso Abaelards Hand. Die Vasallen waren für einen Moment von der Panik, welche von einer Sekunde auf die andere den Marktplatz erfüllte, irritiert und abgelenkt. Auch jetzt noch war das Feuer für Abaelard unerreichbar. In einem letzten verzweifelten Akt riss er sich los, sprang direkt in die Höhe und verfehlte sein Ziel diesmal nicht. Der Scheiterhaufen war es nicht mehr, wohl aber die Speere, welche sich ihm nach wie vor entgegenstreckten. Leicht drangen sie in sein Fleisch, der Schmerz war unvorstellbar. Doch nur für einen sehr kurzen Moment, denn eine Gnade, woher sie auch immer gekommen sein mochte, schenkte ihm den sofortigen Tod.

Dritter Teil

-

Paul

Kapitel 9

Am Ende der Stase, in welcher die Seele ruhte, ohne Gefühl, ohne Bewusstsein, wenn sie aus ihrem Schlaf gerissen wird, wenn Raum und Zeit wieder an Macht gewinnen und zu einem Gefühl werden, in diesem Moment der Erkenntnis des Seins sind unglaublich große Kräfte am Werk, welche drohen, die Seele zu zerreißen. Es ist der Übergang hinaus aus der dunklen Materie und hinein in das greifbare Medium. Ein Strom mit einer Energie wie von Tausenden Sonnen scheint die Seele von einem schwarzen Loch zum nächsten zu ziehen. Vom Ursprung des Universums bis in ferne Zukunft und wieder zurück. Zu Beginn ist es nur eine einzige Verwirrung, welche der Seele innewohnt. Bald schon hebt sich der Schleier und Erkenntnis durchströmt die Seele. Pure, grenzenlose Erkenntnis. Keine Frage bleibt unbeantwortet. Allwissend erfüllen nun auch sämtliche Erinnerungen aus sämtlichen früheren Leben die Seele mit Weisheit. Doch dann ein finaler Energiestoß, ein letztes Zerren in eine konkrete Richtung, die Seele findet ihren neuen Körper und öffnet zum ersten Mal die Augen. An diesem Punkt beginnt das Vergessen. Jede einzelne neue Information löscht Myriaden von denen aus früheren Leben. Unwiderruflich. Die Seele spürt das Schwinden der Erkenntnis, will sie halten, konservieren, nutzen. Aber nur einen weiteren Augenaufschlag später ist alles dahin. Ein neues Leben hat begonnen. Dieses Mal jedoch ist alles anders. Dieses letzte Zerren ist nicht halb so stark, wie es sein müsste, die Seele spürt es kaum. Stattdessen nimmt sie etwas anderes wahr. Zwei Lichter, von denen eines kleiner als das andere das Größere wie ein Mond seinen Planeten umkreist. Die Seele folgt ihnen und bald schon stellt sich das Zerren in alter Stärke ein, geradewegs in die Richtung, in welche die Seele den beiden Lichtern folgt. Die Lichter werden schwächer, scheinen rapide an Leuchtkraft zu verlieren. Als hätte ihre einzige Aufgabe darin bestanden, der Seele den Weg zu weisen. Kaum scheinen sie erloschen, überwiegt das Zerren endgültig, die Seele findet ihren neuen Körper und will die Augen öffnen. Vergebens. Schmerzen! Unglaubliche Schmerzen sind das erste, was sie von ihrem neuen Körper wahrnimmt. Schmerzen, als würde er zerquetscht. Wieder und wieder, nicht endend. In schneller Folge wird der Körper gequetscht und wieder freigelassen. Dann hört es für einen Moment auf. Gleich darauf folgt die nächste Tortur. Der Kopf wird herumgerissen und der Körper scheint über den Hals gepfählt zu werden. Bruchstückhaft stellt sich das Hörvermögen ein. Viele Stimmen reden durcheinander, während überall an dem neuen Körper etwas passiert. *»Bin drin.«* *»Ich mach weiter.«* Das war das Startzeichen für ein erneutes Beginnen des Quetschens. Wieder im Sekundentakt und wieder ist jedes einzelne Mal eine neue Folter für sich. *»Verdammte Scheiße! Ich bekomme keinen Zugang.«* Knochen brechen. *»Alle weg!«* *»Weg.«* *»Bin weg.«* Was nun folgt, ist die pure Hölle. Ein unheimlicher Schlag trifft den Körper, lässt ihn erstarren, setzt dabei neue, noch wahnsinnigere Schmerzen in jeder einzelnen Nervenfaser frei. Obwohl die Seele gerade erst angekommen ist, scheint sie den Körper direkt wieder verlassen zu müssen. *»Ich hab die Maschine, ich bohre jetzt.«* Ganz langsam entspannt sich der Körper und nimmt den Schmerz im Knie nur am Rande wahr. *»Kein Rhythmus.«* Dafür aber das Quetschen, das schon wieder beginnt und ... *»Ich hab den Zugang. Supra ist drin.«* ... war es eben noch ein Schlag, welcher den Körper beinahe tötete, so scheint der jetzige Todesstoß aus dem Körper selbst zu kommen. Als wäre er nicht aus Fleisch und Blut, sondern aus Sprengstoff und gerade hat jemand ein Streichholz darauf geworfen. Jede einzelne Zelle scheint für sich zu explodieren. *»Verdammt, Paul! Komm jetzt!«* Das Quetschen hat aufgehört. *»Alle* *weg!« »Bin weg.« »Weg.«* Die Explosionen in den Zellen haben gerade ihren Höhepunkt erfahren, als zusätzlich wieder dieser Schlag kommt und sie nun wie ein Echo von Berg zu Berg durch den Körper schießen lässt. In ihm gefangen, verteilen sie ihre explosive Kraft und zerreißen ihn in Millionen kleiner Fetzen. Oder aber auch nicht, denn wie eine dicke, warme, beschützende Federdecke macht sich eine Bewegung, begleitet von einem Geräusch im Körper breit. Bubumm, bubumm, bubumm. *»Wir haben einen Sinusrhythmus.« »Paul, verdammt!« »Gott sei Dank!«* Die Seele ist verwirrt. Gedanken ergeben keinen Sinn. Noch hat sie nichts von ihrer Erkenntnis und Weisheit verloren, das Vergessen scheint sich nicht einzustellen. Der neue Körper kann seine Augen öffnen. Endlich. Doch die Seele hat noch immer nichts vergessen. Schemenhaft erkennt er maskierte Menschen. Der Pfahl im Hals macht sich nun immer mehr bemerkbar, lässt ihn würgen, am liebsten würde er sich übergeben, um ihn loszuwerden, aber er sitzt zu fest. *»Hol ihn raus.«* Wieder wird der Kopf nach hinten gestreckt, diesmal allerdings, um das Atmen zu erleichtern und den Pfahl zu entfernen. Rechts von ihm scheint eine Frau zu stehen, denn hinter der Maske spricht sie ihn mit weiblicher Stimme an. »Junge, junge! Du hast uns vielleicht einen Schrecken eingejagt. Kannst Du mir deinen Namen sagen?« Der

Hals schmerzt, den Mund zu bewegen erfordert nach diesen Strapazen unendliche Anstrengung. Versuche, einen Laut zu artikulieren, ersticken sofort wieder in einem brennenden Rachen und größter Kraftaufwand ist erforderlich, um eher krächzend, fast flüsternd und kaum verständlich zu antworten: »Abaelard.«

Kapitel 10

Was tut man, wenn man alles weiß? Alles über das Universum, weil man es im Kern begriffen hat. Wenn man weiß, dass bekannte wissenschaftliche Maßstäbe ein jähes Erklärungsende fänden und allein der Versuch, sein Wissen zu teilen, in einer geschlossenen Anstalt enden würde. Was tut man, wenn man die Erinnerungen aus etlichen Leben in sich trägt? Wenn jede Empfindung eine Vielzahl von Reaktionen hervorruft. Was tut man, wenn man den Tod kennt? Wenn man schon viel zu oft die Schmerzen des Übergangs erleiden musste. ‚Paul Stein' steht auf dem Plastikarmband und auf dem Zettel, der mit einer durchsichtigen Kappe an den Stahlrahmen des Krankenhausbettes geklemmt wurde. Seine Erinnerungen sind die jüngsten und strahlen am hellsten von allen anderen aus dieser Flut an Lebensgeschichten. Paul Steins Leben war bislang kein außergewöhnliches. Einzelkind, ein guter Schüler, später Medizinstudent, als Assistenzarzt hier im Krankenhaus hängen geblieben und mittlerweile Anästhesist und Notarzt. Auch er kannte schon den Tod. Denn der war dafür verantwortlich, dass er nach dem Unfalltod seiner Eltern Notarzt werden wollte. Trotzdem scheint dieses Leben neben der schieren Masse an anderen Erinnerungen zu verblassen. Sobald er sich an ein bestimmtes Ereignis erinnern will, mischen sich Erinnerungen aus allen anderen Leben darunter. Die meisten kann Paul recht gut voneinander trennen und unwichtige ignorieren. Bis auf eine. Sie ist so stark verankert, dass es unmöglich ist, sich ihr zu entziehen. Rossinhol. Diese eine große Liebe, die wohl nur genauso selten vorkommt wie das Ausbleiben des Vergessens, wenn sich eine Seele mit einem neuen Körper verbindet und überdies auch noch mit einem erwachsenen Körper, mit fertigen, abgeschlossenen Erfahrungen und einem ausgeprägten Charakter, dessen ursprüngliche Seele diesen gerade erst verlassen hatte. Allein die Matratze und die Decke des Krankenhausbettes setzten eine unfassbare Menge von Gefühlen frei. Während Paul Stein die Qualität des Krankenhausbettes ziemlich egal ist, empfindet Byung Gnas es als unbequem und viel zu weich. David Goldberg ist überglücklich, endlich wieder in einem solchen Bett liegen zu dürfen. Abebi Akintola fühlt sich wie eine Königin und für Lien Wu ist es schlicht eine Zumutung. Aber das sind nur kleine Probleme im Vergleich zu dem kürzlich Erlebten. Die Schmerzen der Reanimation durch seine Kollegen und Freunde sind nach wie vor präsent. Bei jedem Atemzug scheinen sich die gebrochenen Rippen erneut in sein Fleisch zu bohren und jeder Schluck Wasser erinnert ihn an den Tubus, der ihm von Katja in aller Eile in den Hals gerammt wurde. Das alles sind richtige und wichtige Dinge, das weiß er, schließlich ist er selber Notarzt. Einen Menschen zu töten, ist schon eine martialische Angelegenheit, aber wenn man einen Sterbenden ins Leben zurückholt, dem Tod ein Schnippchen schlagen will, dann muss man noch härter sein, als es der Tod selbst ist. Diese Erfahrung ist für Paul Stein momentan Fluch und Segen zugleich. Fluch, weil es so unvorstellbar grausam gewesen war und Segen, weil er diese Erfahrung nutzen kann, um mit niemandem über sein neues Wissen, diese vielen Leben und deren Erlebnisse reden zu müssen. Bald wird sich die Tür öffnen und Katja wird ihn wieder besuchen. Seit einer Woche nutzt sie jede noch so kleine Pause, um nach ihm zu sehen. Vor ein paar Jahren hatten sie eine Affäre gehabt, nur war niemals mehr daraus geworden. Irgendwann hatten sie es beendet. Sein Beinahe-Tod scheint etwas in ihr ausgelöst zu haben. Er wird es gleich wieder beenden, bevor es erneut beginnt, und er wird ihr sagen, was während der Reanimation geschehen ist. Kaum beschlossen, dringt das Geräusch der Türklinke an sein Ohr. Leise tritt Katja an sein Bett und setzt sich zu ihm. »Wenn Du nur endlich reden würdest«, flüstert sie. Pauls Hand schiebt sich an ihren Körper und bleibt dort reglos liegen. Ihre Augen heben sich in erwartungsvoller Vorfreude. Paul wird es kurz und schmerzlos machen. Zumindest will er es versuchen. Seine Lippen formen fast lautlos ein Wort: »Katja.«

»Mach langsam! Aber ich freue mich, dass Du wieder sprichst und meinen Namen noch kennst.«

»Ich habe alles mitbekommen.«

»Wie? Was meinst Du?«

»Ahmet hat gedrückt, Du hast intubiert und die Elektroden geklebt, Meral hat das Supra aufgezogen und Walther hat keinen Zugang gefunden. Dann konnte er endlich seine neue Bohrmaschine testen. Nun ja, am Ende habe ich doch noch einen ZVK bekommen. So viel dazu.«

»Du hast ...« Tränen schießen ihr in die Augen. »Und hattest Du ...?«

»Ja, es hat wehgetan und es war die Hölle. Aber nun ist es vorbei und ich lebe. Trotzdem werde ich wohl eine ziemlich lange Zeit für mich sein wollen. Würdest Du das bitte für mich tun und mich allein lassen. Jetzt gleich.«

»Aber ... Paul ... ich ...«

»Was hättest Du denn tun sollen? Mich sterben lassen? Mach dir keine Vorwürfe. Ich muss nur für mich sein und brauche Ruhe. Viel Ruhe. Sag es bitte auch den anderen.«

»Okay. Da ist die Klingel!«, sagt sie und deutet auf den Knopf, mit dem man nach einer Schwester rufen kann. »Sie können mich immer holen! Tag und Nacht. Hörst Du?!«

»Ich weiß.« Katja steht auf, sie versucht, ihr Weinen irgendwie im Zaum zu halten, und wendet sich zum Gehen ab. Unmöglich ihren Blick jetzt von ihm zu lassen, läuft sie bis zur Tür rückwärts, als wäre es ihre letzte Begegnung. »Sag es bitte nicht der Psychologin«, fügt Paul noch an und setzt ein Lächeln auf. »Noch nicht.«

»Das werde ich. Darf ich dir bitte nur eine Frage stellen?«

»Welche?«

»Wer ist Abaelard?« Augenblicklich ist Paul von Abaelards Erinnerungen erfüllt, sein rechtes Handgelenk beginnt zu schmerzen und wie der Pfeilhagel, welcher einst Joseph tötete, trifft ihn die Sehnsucht nach Rossinhol mitten ins Herz. »Ich habe keine Ahnung.«

»Du hast schon besser gelogen.« Vorsichtig zieht sie die Tür ins Schloss. Endlich wieder allein versucht sich Paul auf das Offensichtliche in seinem Kopf zu konzentrieren. Irgendwie muss er es schaffen, Ordnung in das Chaos zu bekommen. Tief braucht er nicht zu graben, um für den Anfang die intensivsten Erinnerungen zu sortieren. Sie alle haben damit zu tun, dass eines dieser vielen Leben erloschen ist. Und dann gibt es noch diese eine, die alles andere wie der Einband eines Buches umschließt. Man kann das Buch aufschlagen und darin lesen, aber wenn man es in die Hand nimmt oder es wieder wegstellt, so ist das Erste und das Letzte, was man sieht, immer nur eines. Rossinhol. Paul dreht sich auf die Seite. Müde ist er, denn schlafen ist zurzeit auch eine Herausforderung. Ein Traum verfolgt ihn seit ein paar Tagen. Eine Straße im Nebel. Eine Straße in einer Stadt. Rechts und links stehen Wohnhäuser mit Balkonen, von denen nur ein Einziger beleuchtet ist, im dritten Stock eines Hauses links von ihm. Wie auf Befehl erscheint ihm auch nun wieder diese Straße. Der Nebel scheint nicht mehr ganz so dicht zu sein und in der Wohnung mit dem erleuchteten Balkon warten mehrere Menschen auf ihn. Sobald er in Richtung des Hauses gehen will, wacht er auf, auch jetzt wieder. Es hilft nichts, Paul muss sich seinen neuen Dämonen stellen, sonst würde er bald völlig durchdrehen. Wobei allein die Tatsache, dass sich nun solch unendlich viele Erinnerungen aus anderen Leben in seinem Kopf tummeln, schon Beweis genug sein sollte, dass er bereits völlig durchgedreht ist. Zu allem Überfluss kommt auch noch dieses Wissen über das Universum und das Leben an sich hinzu. Irgendetwas muss während dieser Reanimation komplett schief gegangen sein. Oder vielleicht doch richtig? Er will sich den schlimmsten und stärksten Erinnerungen stellen, in der Hoffnung, sie würden dadurch einiges von ihrem Grauen verlieren und sich nicht ständig bruchstückhaft in seine Gedanken schleichen. Wenigstens ist er Patient in einem Einzelzimmer und hat jede Menge Zeit. Lange muss er seinen Kopf nicht anstrengen, und allein der erste Gedanke an das, was er sich nun selbst zufügen will, lässt ihn in weiser Voraussicht nach einer der Brechschalen greifen, von denen drei Stück aus Pappe auf dem Nachttisch neben seinem Bett liegen. Paul schließt die Augen und versucht, sich auf eine einzige Erinnerung zu konzentrieren. Es gelingt.

* * *

David Goldbergs Tod zum Beispiel war einer der Schlimmsten und zugleich mutigsten. David war klein und schmächtig. Er hatte mit fast 30 Jahren noch immer den Körper eines Jungen zu Beginn der Pubertät und arbeitete als Ingenieur in einer Automobilfabrik. Anfänglich war er von den Ideen der Nationalsozialistischen Deutschen Arbeiterpartei durchaus begeistert gewesen, hatte sie sogar gewählt. Ungläubig jedoch verfolgte er die Geschehnisse, welche in den Jahren nach Hitlers Machtergreifung folgten. Jüdische Geschäfte wurden boykottiert, viele Juden verschwanden einfach. Aber so recht wahrhaben wollte David diese ganzen Dinge doch nicht. Bis zu dem Tag, an dem sie ihn abholten, wobei abholen hier das falsche Wort ist. Sie prügelten ihn aus seiner Wohnung, sagten, er wäre nun verhaftet und nach einer tagelangen Fahrt in einem völlig überfüllten Viehwaggon landete er am Bahnhof von Auschwitz. Von da aus wurden die Gefangenen zu einem Marsch gezwungen, dessen Ziel ein Lager war. ‚Arbeit macht frei' stand über dem Eingang und David dämmerte, was nun kommen sollte. »Sie vergasen uns«, hatte ihn noch vor Wochen ein Kollege gewarnt. Doch bevor es dazu kommen sollte, musste David mit anderen Häftlingen neue Baracken bauen für noch mehr Häftlinge. Man rasierte ihm den Schädel und tätowierte ihm eine Nummer auf den Unterarm. Mit mehreren Gefangenen musste er sich eine hölzerne Pritsche als Bett teilen. Eines Tages wurde er einer Gruppe neuangekommener Häftlinge zugeteilt. Sie mussten außerhalb des Lagers zu einem weißen Haus gehen. Vier Türen gab es, an denen ‚zum Bade' stand. Ihm wurde klar, dass dies sein letzter Tag auf dieser Welt sein würde und es war ihm gleich. Irgendwie waren ihm sein Tod und sein Weiterleben in diesem System in diesem Moment völlig egal geworden. In dieser Gruppe befand sich auch ein kleines Mädchen, das mit seiner Mutter angekommen war. Sie hielt sich schon eine Weile in seiner Nähe auf, auch dann noch, als sie alle zum Desinfizieren in einen Raum mit Duschen getrieben wurden und David dämmerte, was nun folgen sollte. So egal ihm sein Tod war, so sehr benötigte dieses unschuldige Mädchen, dessen Tod nun auch unausweichlich war, einen letzten Liebesdienst. Ihre Mutter schien keine Ahnung zu haben, also ging er zu ihr und sagte: »Wir kommen hier nicht lebend raus. Niemand kommt hier lebend raus. Halten Sie die Kleine fest und die Luft an, bis sie es geschafft hat. Wenn Sie möchten, kann ich das auch für Sie tun.« So kam es, dass David Goldberg in den letzten Minuten seines Lebens eine fremde Frau und ihre Tochter in den Armen hielt und mit dem Mut der verzweifelten Nächstenliebe deren Sterben bewachte, ohne Luft zu holen. Irgendwann war das Zucken ihrer Körper so heftig geworden und ihre Gliedmaßen hingen dabei schlaff herunter, dass er sicher sein konnte. Die kleinen Hände des Mädchens, welche nie wieder ein Spielzeug in der Hand halten und niemals einen geliebten Körper zärtlich liebkosen würden, waren das Letzte, was David Goldbergs Augen in dieser Welt betrachteten. Sich schließlich dem Willen seines eigenen Körpers beugend, ließ er zu, dass sich seine Lungen wieder füllten. Der Mandelgeruch irritierte ihn für einen Moment. Aber gleich darauf folgte dieses Stechen in der Brust, das sich von dort aus überall in ihm ausbreitete, als würden mit aller Gewalt Messer aus seinen Muskeln herausgetrieben und ließen diese nun vor Schmerzen unkontrolliert zucken. Nach langen und qualvollen Minuten schaltete sich sein Bewusstsein endlich aus und übergab ihn dem Tod.

* * *

Lien Wu war die Tochter eines sehr reichen Geschäftsmannes. Sie hatte alles, was man besitzen konnte, bis auf eine Sache. Schönheit. Sie war das ganze Gegenteil von schön. Im Alter von 13 verlangte sie, dass es keinen Spiegel mehr im Haus geben sollte und so geschah es. Mit 17 ließ sie mehrere Frauen und Männer auspeitschen, weil diese sich über ihr Aussehen lustig gemacht hatten. Da es sich bei allen um Untergebene handelte, konnte sie mit ihnen tun, was ihr beliebte. Sie alle waren Leibeigene der Familie Wu. Eines Tages verliebte sich Lien in einen jungen Bauernsohn. Natürlich war dieser nicht interessiert, wohl aber an ihrer ersten Dienerin. Nach nur kurzer

Zeit wurde diese schwanger und sie beschlossen, zu heiraten. Für Lien war das die bis dahin bitterste Enttäuschung ihres Lebens. Da auch die Bauern und somit auch deren Kinder zum Besitz der Familie gehörten, beschuldigte Lien den jungen Mann des Diebstahls, woraufhin ihm der Kopf abgeschlagen wurde. Am selben Abend noch im Bett liegend, überlegte sie, wie sie ihrer Wut und Frustration endgültig Befriedigung schenken könne. Ihre Dienerin müsste ihr Kind verlieren. Am besten noch vor der Geburt. Sie wollte es ihr persönlich aus dem Bauch schneiden. Mit dem Gedanken an eine derartige Genugtuung schlief Lien voller Vorfreude ein. Irgendwann in der Nacht wachte sie auf und etwas stimmte nicht. Sie hatte starke Schmerzen am Kopf und bekam keine Luft mehr. Sie wollte sich bewegen, aber das war unmöglich. Selbst die Augen konnte sie nicht mehr richtig öffnen. Panik machte sich breit. Das bisschen Luft, was sie noch einatmen konnte, hätte vielleicht für eine Fliege gereicht, aber niemals für einen Menschen. Der aufkommende Fluchtreflex wollte sie aus dem Bett springen lassen, aber auch das war unmöglich. In diesem Moment realisierte sie, warum. Ihre Arme und Beine wurden festgehalten und jemand presste ihr ein Kissen aufs Gesicht. Wut! Maßlose Wut fing an, in ihr zu kochen. So sehr, dass sie darüber selbst ihren Todeskampf vergaß. Alles, was sie wollte, war diesen Verrätern und Mördern mit eigenen Händen die Augen zu zerdrücken und ihnen bei lebendigem Leibe das Herz herauszureißen. Nur ihre Kraft reichte nicht, um gegen fünf Menschen anzukämpfen. Schreie mit zu wenig Luft aus den Lungen erstickten schwach im Kissen. In immer schnellerer Folge rang ihr Körper nach frischen Atem. Krampfartig suchten sämtliche Muskeln nach einem Ausweg aus dieser Tortur und einem Würgereflex gleich, versuchten ihre Lungen, sich mit Luft zu füllen. Dann hörte sie die Stimme ihrer Dienerin. »Du hast einen Menschen zu viel getötet.« Ein Surren breitete sich in ihrem Kopf aus und kündigte die beginnende Ohnmacht an, welche den Kampf um einen einzigen Atemzug schließlich beendete.

* * *

Byung Gnas war buddhistischer Mönch in Tibet und hatte sein Leben der Askese, dem Gebet und der Meditation gewidmet. Sein Tod ist für Paul Stein die einzig positive Erinnerung an das Ende eines Lebens. An einem Frühlingsmorgen bestieg Byung Gnas einen Hügel, um auf ihm über Siddhartha Gautama zu meditieren. Es war kühl, die Sonne schien und im frisch wachsenden Gras begannen die ersten Insekten den neuen Zyklus eines Jahres einzuläuten. Mittlerweile war er selbst 80 Jahre alt. So alt wie Siddhartha Gautama seinerzeit. Er wird über die Zusammensetzung allen Lebens, den Tod und die Wiedergeburt meditieren und auch darüber, ob es weise wäre, genau 2000 Jahre nach Siddhartha Gautama und im selben Alter, den Tod zu empfangen. Zwei Tage und Nächte verbrachte er auf dem Hügel, wurde eins mit ihm und ein Teil der Natur, die auf ihm lebte. Regungslos und in tiefer geistiger Entrückung diente er Vögeln und Insekten als Ort der Ruhe, der Ausschau und des Spiels. Am Ende dieser beiden Tage umfing ihn eine angenehme Stille. Nirwana war zum Greifen nah. Zunächst verstummten die Geräusche um ihn herum, das Rauschen der Blätter und das Vogelgezwitscher wurden immer leiser, bis schließlich überhaupt nichts mehr zu hören war. Dafür spürte er umso mehr das Blut durch seinen Adern fließen, die kühle Luft in seine Lungen strömen und seinen Herzschlag. Vor ihm lag der Übergang, die letzte Grenze und er war ohne Angst, als er auf sie zuging. Einen letzten tiefen Atemzug nehmend, befahl er seiner Lunge, sich nicht mehr zu füllen, und während er seine letzte Luft an die Natur zurückgab, befahl er seinem Herz, nun nicht mehr zu schlagen. Die Schläge wurden langsamer und mit großer Freude empfing Byung Gnas diesen einen letzten Schlag seines Herzens.

* * *

Schon als Kind konnte Abebi Akintola diese Schreie nicht ertragen oder diese vor unendlicher Qual herausgepressten Würgelaute. Beides stets gefolgt von den verschiedensten Arten des Weinens. Mal laut leidend, mal leise bis still und manchmal sogar flehend, diese Tortur wieder rückgängig machen zu können. Aber jedes Mädchen ihres Stammes hatte sich diesem heiligen Akt zu beugen, nachdem es zum ersten Mal geblutet hatte. Schön sollten sie dadurch werden. Schön für die Männer und die Götter. Viele starben daran, weil sie von bösen Geistern besessen waren, so besagte es jedenfalls der Glaube. Regelmäßig gingen die Frauen zu den Mädchen, um ihnen eben jenes Leid zuzufügen, welches sie selbst einst an den Rand des Todes und des Wahnsinns gebracht hatte. Diesen Umstand verstand Abebi am allerwenigsten. Wenn sie doch wussten, wie grausam und schlimm die Beschneidung war, wieso taten sie es dann selbst ihrem eigenen Fleisch und Blut an? Nicht einmal ein spezielles Werkzeug gab es dafür, sie nahmen einfach das, was gerade da war, eine Scherbe, einen scharfkantigen Stein, bestenfalls war es ein einfaches Messer. Irgendwann blutete auch Abebi. Natürlich entging das den Argusaugen der Frauen nicht und das wiederum entging Abebi nicht. Als sie kamen, rannte sie los, nicht überlegend, was geschehen konnte, wenn sie sich weigerte. Doch nicht die Frauen liefen hinter ihr her, sondern die Männer mit ihren Waffen. Mit dem Wegrennen hatte sie die Ehre des ganzen Stammes beleidigt und augenblicklich jedes Recht verloren. Sogar ihre Brüder jagten hinter ihr her. Schnell kamen die Verfolger nahe genug, um mit Speeren nach ihr zu werfen. Einer traf ihr Bein, sie strauchelte und fiel hin. Übermächtige Gegner packten sie an Armen und Beinen, um sie auf die Erde zu pressen, die Beine auseinanderzureißen und ohne Erbarmen festzuhalten. Einer nach dem anderen legte sich auf sie. Sie wurde geschlagen, getreten, gebissen, vergewaltigt. Nach einiger Zeit spürte sie die Schmerzen nicht mehr, ließ es über sich ergehen und befand sich wie in Trance. Jedoch nur so lange, bis ihr Kopf an den Haaren herumgerissen wurde und ihr eigener Bruder ihren Mund malträtierte. Unmöglich zu schreien, zu atmen oder sich zu bewegen, sah sie nur noch einen Ausweg. Sie biss zu. Mit der letzten Kraft ihres verlorenen Lebens biss sie ihrem Bruder den Schwanz ab und würgte ihn heraus. Die Antwort ließ nicht lange auf sich warten. Alle umherstehenden Männer begannen ihren Körper mit Speeren zu durchlöchern. In den letzten ewig dauernden Sekunden spürte sie, wie die hölzernen Spitzen immer wieder schmerzvoll ihre Haut durchbohren und ihr Fleisch zerfetzten. Es fühlte sich an, als würde ihr bei lebendigem Leibe das Innerste nach außen gekehrt, um sie gleich darauf in ihrem eigenen Blut ertrinken zu lassen, da dieses nun durch unkontrollierte Atemzüge den Weg in die Lungen fand. Dann wurde es dunkel. Und still. Endlich.

* * *

Noch immer vom Herzinfarkt und der Reanimation geschwächt, ist es Paul unmöglich, mit zitternden Händen die Brechschale zu halten. Schon gar nicht, nachdem er sie bereits fast vollständig gefüllt hat. Noch während er sich weiter schwallweise übergibt, gleitet sie ihm aus der Hand. Völlig entkräftet von den nicht endenden Würgereizen, schafft er es noch gerade so, sich auf die Seite zu drehen, damit das Erbrochene neben dem Bett landet. Wenigstens kann er diese Erinnerungen nun klar abgrenzen und weiß um ihre brutale Macht in seinem Kopf, aber sie müssen wieder verschwinden. Dringend! Sterbende

Kinder, quälende Schmerzen in der Gaskammer, brutal erstickt, vergewaltigt und Hunderte Male erstochen zu werden, ist doch sehr viel mehr, als Pauls Kopf und Herz allein aushalten können. Ein positiver Gedanke muss her. Rossinhol! Sein Rettungsanker in jedem Leben. Die Übelkeit schwindet schon. Ein Gedanke nur an sie und alles Leid ist vergessen. Er erinnert sich daran, wie er sie damals aus Josephs Küche und aus dem Haus getragen hat. Sie flüsterte ihm zu, in den Verschlag zu gehen, von dort aus stiegen sie in den Keller herab, und während der Hammer in der Schmiede hell klingend auf glühendes Eisen traf, empfing er von dem zauberhaftesten Wesen überhaupt das Wunder der Liebe in seiner reinsten und schönsten Form. Mit nur einem Gedanken daran kann diese Liebe jedwedes Leid dieser Welt geradezu pulverisieren und vergessen machen. Jedoch bringt auch nur ein einziger dieser Gedanken stets diese Sehnsucht mit sich, diese wahnsinnige Sehnsucht, die sich auch jetzt anfühlt, als könne sie Paul Steins Herz einfach zerreißen und als würde sie auch genau das tun.

Kapitel 11

Der Mond scheint durch die Bäume und erhellt den Nebel, welcher langsam anfängt, vom Boden aufzusteigen. Paul geht nicht durch die Stadt, er scheint zu schweben und von einem Moment zum anderen steht er auf dem Markt. Alles, was er hören kann, ist das Plätschern des Brunnens, sehen kann er fast gar nichts, da der Nebel schon wieder dichter geworden ist. Weiter schwebt er, immer weiter die bekannten Straßen seiner Heimatstadt entlang, bis er wieder zu dieser Straße kommt. Schon fast automatisch sucht er nach dem Balkon im dritten Stock auf der linken Seite. Wie erwartet, ist er erleuchtet und die Schattenrisse von drei Menschen sind zu erkennen. Zwei Frauen und ein Mann. Völlig auf diese drei Personen fixiert, versucht er Einzelheiten zu erkennen, wenigstens von einer der beiden Frauen, denn irgendetwas sagt ihm, es könnte Rossinhol sein. Wie kommt sie in diese Wohnung, warum kann er nicht einfach durch den Nebel in das Haus gehen und warum verfolgt ihn dieser Traum so sehr? Dieser – Traum? Ein Traum! Also wenn es ein Traum ist, sollte es kein Problem sein, einfach zu fliegen. Kurz entschlossen springt er hoch und versucht mit Schwimmbewegungen an Höhe zu gewinnen. Sehr hoch ist er mit dem Sprung nicht gekommen und die Schwimmbewegungen sind auch alles andere als effektiv, aber es scheint zu funktionieren. Sehr langsam, aber stetig gewinnt er an Höhe, indem er vor dem Haus hin und her fliegt. Doch auf einmal ist alles vorbei. Der schrille Ton zweier Glocken trifft ihn mit solcher Wucht, dass es unmöglich wird, weiter emporzusteigen. Im Gegenteil, er schlägt hart auf das Pflaster der Straße. Der Schall der Glocken fängt sich in der Häuserschlucht, springt zwischen den Gebäuden hin und her und wird durch zwei weitere Schläge noch verstärkt, bis er ungeahnte Kräfte freisetzt. Keine Bewegung ist mehr möglich und der Schlegel scheint nicht gegen die Glocke, sondern gegen Pauls Kopf zu schlagen. Am Boden liegend, regelrecht auf die Straße gepresst, entgleitet ihm der Traum und er wacht auf. Es ist dunkel. Als er sich zum Schlafen hingelegt hatte, war es noch hell gewesen und die warme Maisonne schien durch das Fenster seines kleinen Appartements. Wie spät ist es? Mitternacht? Noch später? Geht die Sonne schon bald wieder auf? Ding-Dong, da ist er wieder, der schrille Glockenklang, der seinen Schlaf und damit seinen Traum zerstörte. Es war die Türklingel und sie ist es immer noch. Paul dreht sich mit dem Gesicht zur

Rückenlehne des Sofas um, zieht sich die Decke über den Kopf und legt dabei die Region um die Nieren frei. »Maaaaannnn!«, schnaubt er wütend ins Kissen. Ding-Dong »Was?!«, schreit er in Richtung der Tür. Keine Antwort. Auch gut. Gerade will er die Decke wieder komplett über sich ziehen, als es sehr energisch klopft. »Herr Stein! Hören Sie mich? Ich bin es, Herr Wroblewski von nebenan.« Natürlich hatte Paul ihn schon erkannt, aber was zum Henker will er? Auf die Antwort auf diesen Gedanken muss er nicht lange warten. »Herr Stein, seit Tagen lassen Sie ihre Freundin nicht herein. Sie sitzt jeden Abend weinend auf der Treppe. Was ich davon halte, ist egal. Nur mache ich mir auch langsam Sorgen.«

»Ich habe keine Freundin und es geht mir gut. Haut alle ab! Ich muss schlafen!«

»Paul, bitte!« Katjas Stimme klingt ernsthaft verzweifelt. »Ich möchte dir helfen. Ich muss dir helfen. Ja, was passiert ist, war bestimmt unvorstellbar schlimm, aber bitte, Du musst doch selber merken, dass sich alles verändert hat. Und zwar zum Schlechten.« Ihr leises Schluchzen dringt durch die Tür bis an seine Ohren. »Paul! Bitte!«

»Herr Stein! Ich gehe jetzt wieder in meine Wohnung und lasse das arme Mädchen allein. Aber nur 15 Minuten. Danach muss ich davon ausgehen, dass Sie für sich selbst eine Gefahr sind, und rufe die

Polizei. Nutzen Sie die Zeit, um das Gröbste wegzuräumen, damit Sie das Mädchen empfangen können.« Paul wusste, was das zu bedeuten hatte, sie kämen mit der Feuerwehr, der Polizei, einem Rettungswagen und wenn er sie nicht hereinließe und sie nicht schnell genug einen Zweitschlüssel besorgen können, dann würden sie die Tür aufbrechen. Was dann käme, wäre das Schlimmste überhaupt. Etliche Menschen in seinem Appartement, die Polizisten würden ihm Fragen stellen, Katja würde ihm in deren Beisein Fragen stellen und alle würden Antworten erwarten, die er unbedingt liefern müsste, denn auf eine Nacht in der Psychiatrie hat er nun wirklich keine Lust. Gegen seinen Willen ginge das sowieso nicht. Aber käme dieser Stein erst einmal ins Rollen, wäre es nur noch eine Frage der Zeit. Egal! Sein Nachbar hatte ihm soeben die Pistole auf die Brust gesetzt. Er ist Katjas Trumpf und er hat sich von selbst ausgespielt. Paul muss sie hereinlassen. Das Appartement sieht schlimm aus, eventuell riecht es auch so, aber das kann er gerade nicht selbst einschätzen. Alles, was noch fehlte, war ein überlaufender Aschenbecher neben den Bierflaschen oder auf dem Stapel Pizzakartons. Seit ein paar Tagen isst er die Pizza mit den Fingern, da sämtliches Besteck schmutzig in der Spüle liegt. Ob es Katja anekeln wird oder nicht, ist ihm gerade egal. Langsam geht er durch den Flur, setzt sich auf den Boden und lehnt sich mit dem Rücken gegen die Tür. »Ich möchte doch nur allein sein.«

»Ich weiß.« Katjas Stimme klingt weich und er spürt, wie sie ihn mit guten Worten locken will. »Aber Du hast dich selbst aus der Reha entlassen und deine Krankmeldung ist seit 8 Tagen abgelaufen. Das sieht die Chefetage nicht so gern. Ich kann dir eine Neue besorgen, aber Du musst mich reinlassen. Ich werde dir nicht ohne Gegenleistung helfen. Also mach die Tür auf.«

»Hier sieht es schlimm aus.«

»Ich glaube, das ist im Moment dein kleinstes Problem.« Sie hat recht, der Zustand seines Appartements ist sein kleinstes Problem und die Erinnerung an die Reanimation ist schon fast vergessen. Rossinhol! So heißt sein Problem. Er leidet fürchterlichen Liebeskummer, und ganz nebenbei schleichen sich noch Erinnerungen aus Hunderten Leben vor und nach Rossinhol dazwischen. Gepaart mit seinem Wissen über das Universum und Seelenwanderung, an dem er nach wie vor zweifelt, ergibt das alles einen Cocktail, in dem Katjas Hilfe nicht einmal ein homöopathisch kleiner Tropfen Wasser in eine Atomexplosion wäre. In die Klapse zu kommen, war aber doch das Allerletzte, was er wollte. Sein Arm hebt sich und seine Finger umschließen die

Türklinke, ziehen sie nach unten, während er auf seinem Hintern ein Stück nach vorn rutscht. Katja quetscht sich durch den Spalt und steht neben ihm. Er schaut sie nicht an, kann aber diese prüfenden Blicke spüren und spürt sie noch, als sie sich von ihm abwendet, um nach Anzeichen für was auch immer in der Wohnung zu suchen. Auch sie sagt kein Wort, geht irgendwann ins Wohnzimmer und beginnt aufzuräumen. Eine gefühlte Ewigkeit geht sie zwischen dem Wohnzimmer und der Küche hin und her. Wasser rauscht, Besteck und Geschirr klappert, Stühle werden hin und her geschoben und bald macht ihn das unerträgliche Kreischen des Staubsaugers fast wahnsinnig. Ach nein, das scheint er ja ohnehin schon zu sein. Von seiner Position an der Tür kann Paul nicht erkennen, ob es draußen schon wieder hell wird und im Grunde ist es ihm auch egal. Plötzlich steht Katja direkt vor ihm, schaut ihn wieder mit diesem Blick an und setzt sich neben ihn auf den Boden. »Die Bierflaschen reichen nicht aus, als dass ich mir deswegen Sorgen machen müsste, aber zwei Müllbeutel sind nun zum Bersten voll mit vollgerotzten Taschentüchern und Küchenrolle, das sagt etwas anderes.« Was soll er darauf antworten? Offensichtlich braucht er das nicht, denn Katja greift in ihre Handtasche. »Egal, Paul. Wenn Du noch irgendetwas retten willst, und ich rede nicht von mir oder uns, sondern ausschließlich von dir allein, für diesen Fall habe ich hier eine weitere Krankmeldung. Zurückdatiert und noch vier Wochen gültig. Ich habe sie blanko von einem befreundeten Psychologen bekommen. Einzige Bedingung: Du gehst zu ihm und redest mit ihm. Er kennt dich nicht und meinetwegen kannst Du dich verkleiden, damit er dich auch nicht erkennt, falls ihr euch doch schon einmal über den Weg gelaufen sein solltet. Alles geschieht inkognito und es wird eine Privatbehandlung sein. Ich bin die einzige Verbindung zwischen ihm und dir. Morgen, nein, heute Nachmittag hole ich dich ab. Er nimmt sich extra an einem Samstag Zeit für dich. Das ist alles, was ich für dich tun kann und will, nimm es an oder lass es. Aber dann lebe mit den Folgen.« Sie steht auf und zwängt sich wieder durch den Spalt nach draußen. Paul hat sich die ganze Zeit nicht einen Millimeter bewegt. Ein Schluchzen ist alles, was sie ihm noch hinterlässt, bevor die Tür ins Schloss fällt.

Kapitel 12

Katjas Kleinwagen hat diese Bezeichnung nun wirklich verdient. Paul eckt mit dem Ellbogen an die Seitenscheibe, als er die Sonnenblende herunterklappt, um im Spiegel zu kontrollieren, dass sein Basecap unter der Kapuze des Hoodies in Verbindung mit der Sonnenbrille genug von seinem Gesicht verdeckt. Allein diese Karre hat auf der rechten Seite keinen Schminkspiegel. »Ich habe dich eben auch fast nicht erkannt«, beruhigt ihn Katja. »Ich wusste gar nicht, dass Du solche Kleidung überhaupt besitzt.« Paul hatte tatsächlich tief in seinem Schrank danach suchen müssen und war selbst ziemlich unsicher, ob er diese alten Sachen noch hätte. Seine Hand weigert sich, die Autotür wieder zu öffnen, nachdem Katja angehalten hat und auf ein Haus deutet. Um es zu überspielen, dreht er den Rückspiegel, damit er seine Maskerade darin kontrollieren kann. »Spiel nicht auf Zeit. Er wird mich nachher anrufen und mir sagen, ob Du dir helfen lassen wirst.« Also gut, die Autotür öffnen, ein Bein aus dem Auto und noch eins, aussteigen, die Tür schließen. Es ist viel zu warm unter den Klamotten und er hofft auf eine Klimaanlage, während er vom Parkplatz zur Praxis geht. Allein das Drücken des Klingelknopfes verlangt einiges an Überwindung, der Summer ertönt und ein leichter Druck gegen die Tür lässt diese aufschwingen. »Kommen Sie herein! Wir sind allein und ungestört.« Wieder ein Schritt und noch einer hinein in die Praxis des Psychodoktors. Bald muss er sich offenbaren als völlig durchgeknallt und nicht mehr Herr seiner Sinne und Erinnerungen. Einige Male hatte er überlegt, wie gut es wäre, jemanden auf diese Situation schauen zu lassen, aber auch wie schlecht es wäre, wenn es herauskäme. Kein Mensch würde ihn jemals wieder an einem Patienten arbeiten lassen. Seine berufliche Zukunft wäre ein für alle Mal beendet. Inzwischen ist er in ein Zimmer und in einen Sessel gebeten worden. Aus dem Sessel heraus kann er in einen schönen Garten mit recht hohen Bäumen schauen. Der Psychologe ist alt, sehr alt. Paul fragt sich, ob er überhaupt noch praktiziert, das Schild neben dem Eingang lässt es jedenfalls vermuten. »Ich sitze hier gleich hinter Ihnen. Reden Sie einfach drauf los und ich schaue, was ich für Sie tun kann.« Kein Ton kommt aus Pauls Mund, in dem Zähne aufeinander mahlen und dessen Lippen fest zusammengepresst sind. Lediglich ein Zucken seines Kinns verrät, dass irgendetwas aus ihm heraus will, aber nicht kann. »Nun gut, das macht nichts. Ich denke nicht, dass Sie überrascht sein werden, wenn ich sage, dass Katja mich auf ihren eigenen Wissensstand gebracht hat. Sie müssen also nicht ganz von vorn anfangen.«

»Kann ich aber.« Paul zuckt zusammen, erschreckt sich selbst vor diesem Satz, denn was er damit meinte, wird mehr sein, als dieser Arzt noch an Lebenszeit zur Verfügung hat.

»Dann! Ich bin ganz Ohr.«

»Sie verstehen nicht. Die erlebten Schmerzen der Reanimation sind mein allerkleinstes Problem. Ich kann wirklich ganz vorne anfangen. Zum Beispiel damit, warum sich Gravitation mit Lichtgeschwindigkeit ausbreitet. Es liegt an der Masse des Schwarzen Loches, in dem sich unser Universum zusammen mit vielen anderen Universen befindet. Die Lichtgeschwindigkeit ist überdies keine Konstante, je massereicher unser schwarzes Loch wird, umso höher wird sie. Ich kann ihnen dunkle Materie und dunkle Energie erklären, es ist so simpel. Jeder weiß, dass es sie gibt, aber niemand kann sie sehen, weil man aus einer dreidimensionalen Welt keine eindimensionale Welt erkennen kann. So einfach ist das. Die dunkle Materie ist überall um uns herum und sie ist der Platz, in dem die Seelen ruhen, wenn sie sich nicht in einem Körper befinden. Und dunkle Energie ist das, was die Seelen antreibt, auch sie ist allgegenwärtig, nur eben aus der Dreidimensionalität, in der wir hier leben, nicht zu messen. Ich bin so alt, sie haben überhaupt keine Ahnung. Sie sind übrigens genauso alt, wissen es nur nicht mehr.«

»Und dieses Wissen haben sie während der Reanimation erhalten?«

»Dieses Wissen habe ich schon immer, genau wie Sie. Sie haben es nur vergessen, kurz nachdem Sie geboren worden sind. So wie alle. Nur bei mir hat das Vergessen nicht eingesetzt. Genauso wenig wie die Erinnerungen an all die Leben, die ich jemals gelebt habe.«

»Wir sprechen also über Reinkarnation.«

»Auch. Verstehen Sie nicht, ich bin allwissend und kann irgendwie selbst nicht daran glauben. Aber alles ergibt Sinn und alles liegt so deutlich vor mir wie ein klares Firmament von Sternen, doch es ist zu viel. Viel zu viel und trotzdem ist all das noch immer nicht mein größtes Problem.«

»Und welches Problem ist größer, als mit dem Wissen des Universums beladen zu sein?«

»Ich muss jemanden finden. Ich liebe sie und ich glaube, sie zu finden, ist der einzige Grund, warum ich mit all diesem Wissen beladen wurde.«

»Dann fangen wir doch an der Stelle an, an der sie diese Liebe kennengelernt haben.«

»Gut. In einer kalten Novembernacht träumte ich von einer Nachtigall ...«, Paul erzählt ihm von Rossinhol und davon, wie sie sich verliebten, zusammen lebten und auch von ihrem Ende, dem Verrat seiner Mutter und dem Scheiterhaufen, auf dem Rossinhol starb. Jedoch selbst dieser Psychologe wird ihm nicht helfen können. Niemand in diesem Leben wird es jemals vermögen, doch ist es befreiend, davon zu erzählen. Für einen sehr kurzen Moment lindert es ein wenig die Last. Trotz allem ist er hier an der falschen Stelle, und die Worte, die er nun hört, sind dafür die beste Bestätigung. »Nun, ich höre heraus, dass Sie sich durchaus der Unmöglichkeit ihrer Geschichte und ihres Wissens im Klaren sind. Das ist gut und ein wichtiger Fixpunkt, auf dem wir aufbauen können. Darf ich ihnen eine Frage stellen?«

»Natürlich.« Die Krankmeldung hat er in der Tasche und Katja wird zufrieden sein, wenn sie sich später erkundigen wird. Aber noch einmal wiederkommen? Wohl eher nicht. Mit welchen Tricks wird er wohl versuchen, ihm all das, was in seinem Kopf tobt, auszutreiben, und wie will er es schaffen, diesen steten Gedanken an Rossinhol zu verdrängen. All das hatte sich in kürzester Zeit derart manifestiert, dass es schlicht unmöglich sein wird. Paul Stein, so wie es ihn noch vor wenigen Wochen gab, ist nicht zurückzuholen.

»Können Sie mir auch von einigen anderen Leben berichten, wenn es so viele waren?«

»Wessen Geschichte interessiert Sie denn am meisten? Die eines tibetischen Mönchs namens Byung Gnas, der glaubte, Nirwana erreicht zu haben, oder die eines in Auschwitz vergasten Juden namens David Goldberg. Die von Bill Smith, einem Sheriff aus den USA, dessen Lebensaufgabe darin bestand, einen Serienmörder zu decken, ist auch ziemlich aufwühlend, aber nichts im Vergleich zu Abebi Akintola aus Somalia, nach einer Gruppenvergewaltigung ist sie regelrecht abgeschlachtet worden, oder Lien Wu aus China, ein herrschsüchtiges Biest, das am Ende von ihrer Dienerschaft ermordet wurde. Alternativ erinnere ich mich auch daran, etliche Leben als Tier gelebt zu haben.«

»Genau darauf wollte ich hinaus und ich bin in der Tat überrascht, wie viele verschiedene menschliche Charaktere Sie mir spontan aufzeigen konnten. Davon können Sie mir gern beim nächsten Mal erzählen, sofern sie mich ein weiteres Mal besuchen wollen. Alles, was ich heute noch tun möchte, ist, Ihnen eine einfache Hausaufgabe aufzugeben. Ihre vielen Leben haben also auf dem ganzen Planeten stattgefunden. Das finde ich nur folgerichtig, wenn Seelen wandern. Sollten all Ihre Erlebnisse und all Ihr Wissen wenigstens einen Funken Wahrheit und Realität besitzen, dann dürften Sie auch kein Problem mit all diesen verschiedenen Sprachen haben. In Somalia spricht man meines Wissens neben Somali auch Arabisch und in China ... nun, ich denke Sie kommen von allein drauf, wenn Sie versuchen werden, im Internet somalische, arabische oder chinesische Nachrichten zu schauen.« Da war er, der Strohhalm, an den sich Paul umgehend klammerte. Warum ist er auch nicht von selbst darauf gekommen. Natürlich muss er all diese Sprachen verstehen, sprechen und lesen können. Seit dem Infarkt hatte er weder ferngesehen noch Radio gehört, auch sein Smartphone hat er seitdem nicht mehr in den Händen gehabt. Sein Kopf hatte von ganz allein schon mehr als genug Beschäftigung gehabt. Jetzt, da er darüber nachdachte, fiel ihm auf, dass er seitdem nicht einmal eine Zeitung oder sonst etwas gesehen oder gelesen hatte. Er muss diesen Test machen. Es steht völlig außer Frage, dass er all diese Sprachen in diesem Leben niemals erlernt hatte, und somit würde er auch nichts verstehen können. Er wäre dann einfach nur ein bisschen verrückt und nach einigen Terminen beim Psychodoc könnte er vielleicht doch wieder ein normales Leben führen. Gleichzeitig mischen sich Trauer und Abschiedsschmerz in seine Gedanken. Sind seine neuen Erinnerungen an alte Leben doch ein

Teil von ihm, den er zwar loszuwerden wünscht, aber wer trennt sich schon gerne von einer großen Liebe und möchte sie überdies auch noch aus seinen Erinnerungen löschen. Kaum sitzt er wieder bei Katja im Auto, beginnt er am Radio herumzufummeln. »Hast Du ausländische Sender gespeichert?«

»Nein, wieso?«

»Nur so. Ich sprach mit deinem Psycho über Fremdsprachen.« Katja kann sich ein Grinsen nicht verkneifen, sagt aber nichts. Die Fahrt dauert Paul viel zu lange, angestrengt sucht er die vorüberziehenden Häuser nach Fremdsprachen ab und fragt sich, wann es normal geworden war, Begriffe wie Sushi, Tadim oder Sale in die deutsche Sprache zu integrieren. Das Auto stoppt und erwartungsvolle Blicke treffen ihn von links. »Ja, er hat mir helfen können, zumindest hat er mir eine Idee in den Kopf gesetzt, die ich direkt umsetzen will. Danke, Katja! Danke dafür!« Ohne eine Reaktion von Katja abzuwarten steigt er aus und eilt in sein Appartement. Kaum darin angekommen, macht er sich ans Werk. Der Akku des Smartphones – tiefenentladen. War ja klar. Also der Laptop. Aufklappen, gleich das Stromkabel anschließen und einschalten. Sekunden werden zu Stunden und dann die Meldung: Ihr PC wird aktualisiert. Dies kann einige Minuten in Anspruch nehmen. Bitte schalten Sie den PC nicht aus. »Das war echt sowas von klar!«, fährt es aus ihm heraus. Also abwarten und einen ausländischen Nachrichtensender im Fernsehen einschalten. CNN, BBC, BLOOMBERG, mehr gibt's nicht. Englisch ist nach zweimal einem Jahr als Backpacker in Australien so etwas wie seine zweite Muttersprache geworden. Zählt also nicht wirklich und Al Jazeera, der einzige arabische Nachrichtensender, der ihm einfällt, empfängt er nicht über seinen Kabelanschluss. Ein Piep dringt vom Laptop durch das Zimmer. Endlich! Los geht's! Er sucht nach chinesischen Nachrichten. Leider ist der Computer schlau genug und geht davon aus, dass er kein Chinesisch spricht und bietet ihm alles auf Deutsch an. Also gleich Al Jazeera. Einen chinesischen Fernsehsender kennt er sowieso nicht namentlich. Aber ein Spanischer fällt ihm ein, besser gesagt einige mexikanische. Woher nur? Egal! Er tippt das Video von Al Jazeera an und hört. Okay, die gibt es mittlerweile also auch auf Englisch. Neu suchen. Al Jazeera arabisch – und los! Wieder nichts, gut dann eben spanisch und vielleicht eine Zeitung, der Text wird ja wohl hoffentlich nicht übersetzt sein. Zack, eine Seite öffnet sich. Die haben tatsächlich den Text auf ... spanisch. Er liest jede Überschrift. Irgendetwas ist mit König Felipe und in Katalonien wird gestreikt. »Das kann nicht sein!« Jetzt eine arabische Tageszeitung. Die regen sich noch immer über die

Mohammed-Karikaturen auf, mit Recht, findet Paul, man kann die Gepflogenheiten anderer Kulturen und Religionen durchaus respektieren und seine westliche Geltungssucht hinten anstellen, aber das ist gerade nicht sein Problem. Wieso kann er Arabisch? Wo er gerade beim Thema ist, Französisch ... klappt, ebenso Italienisch, Mandarin - geht auch, Suaheli, Irisch, Afrikaans, Russisch, Hindi, Sorbisch, Nihongo, Finnisch, Urdu, Katalan, Bulgarisch, Farsi und immer so weiter ... Es gibt einfach keine Sprache, die er nicht versteht. Ein weiterer Sack mit Wissen scheint gerade in Pauls Hirn geschüttet zu werden. Ein Hirn, welches lediglich die Größe einer Erbse hat und nun das Universum in sich aufnehmen soll. Ein Schrei, gellend laut und lang und der Aufschlag des gegen die Wand geworfenen Laptops beenden für einen Augenblick die Situation. »Verdammte Scheiße, was passiert hier!?« Verzweifelt versucht er, seine Gedanken zu ordnen, findet aber in dem Wirrwarr aus Hunderten Leben mit all ihren Sprachen und dem Wissen über Seelen, Welten, Universen und überhaupt allem nicht genügend Platz in diesem einen Kopf. Tränen laufen unkontrolliert, als könnten sie überschüssigen Ballast ausspülen. Paul sitzt auf dem Boden, die Arme um seine Beine geschlungen und wippt vor und zurück. Offensichtlich ist es soweit, er ist völlig durchgedreht, ein Fall für das Irrenhaus. Punkt. Und da, wie ein

Sonnenaufgang nach dunkelster Nacht, erscheint sie wieder in seinen Gedanken, erinnert ihn an ihre Schönheit, ihre sanfte Stimme, ihre Augen und die zärtlichen Hände, und sie legt sich wie frischer, glitzernder Schnee über einen Haufen Unrat, damit dieser einfach nur noch hübsch aussieht. Rossinhol. Geliebte. Angebetete. Wie kann ich dich finden? Der Traum! Aber es ist nur ein Traum, ein Traum von einer Straße im Nebel, in einer ... Halt! Was war vor der Straße? Der Markt und der Stadtpark, oder? Natürlich, der Markt, gleich hier, 10 Minuten zu Fuß entfernt und der Park dahinter. Was war noch? Der Brunnen! Er ist am Brunnen vorbei in Richtung Königshalle gegangen. Das Wippen hat aufgehört. Konzentration macht sich in seinem Kopf breit, bahnt sich ihren Weg durch unendlich viel Wissen und Erinnerungen zu diesem einen Traum. Klar liegt nun vor ihm, wovon er träumte, und er kennt sein Ziel. »Rossinhol, ich komme!«

Vierter Teil

—

Die Ewigkeit

Kapitel 13

Wärmende Sonnenstrahlen dringen durch die dünne Decke, kündigen damit auf zärtliche Weise an, bald meine Augen mit ihrem Licht blenden zu wollen und mich endgültig aus dem Schlaf zu holen. Ich lasse mich von ihnen verwöhnen, lasse mich umschmiegen und fühle mich noch immer ganz eng in die Decke gekuschelt, während ich meine Glieder von mir strecke. Jeder Tag im Leben sollte auf diese Weise beginnen. Langsam sammeln sich meine Gedanken, jedoch lassen sie mich schon bald dieses wundervolle Spiel zwischen der Sonne und mir vergessen. Ich habe nicht geträumt. Wieder nicht. Nicht einmal einen normalen einfachen Traum, nicht irgendeinen Blödsinn oder sonst etwas. Nichts. Überhaupt nichts. Diese Erkenntnis deprimiert mich, macht mich traurig, zumal ich glaube, Bastian helfen zu können, wenn ich doch nur endlich wieder träumen würde. Ihn selbst verfolgt seit einiger Zeit ein neuer Traum. Vielleicht hat es etwas mit dieser verbrannten Sängerin zu tun, die Bastian als Hexe bezeichnet und die uns in unserer ersten Nacht in unserer gemeinsamen Wohnung besucht hat. Hatte ich anfangs schon für total verrückt und irrsinnig gehalten, dass wir uns zu Lady Di's Tod in Paris getroffen haben sollten, so war dieser Traum der absolute Wahnsinn, zumal wir ihn wieder beide erlebt hatten. Irgendetwas ist an dieser Sängerin mit den grünen Augen dran. Sie scheint realer zu sein, als wir es uns eingestehen wollen. Nur was ist an uns, was haben wir oder was können wir, dass wir solch einen Kontakt herstellen konnten. Ach, Bastian. Ich öffne meine Augen, drehe mich zu ihm, um die Hitze der Sonne durch die Wärme seines Körpers noch zu verstärken. Nur liegt er nicht neben mir. Ich muss nicht überlegen, wo er ist. Langsam stehe ich auf und mache mich auf den Weg. Glücklicherweise ist es warm und ich muss nichts überziehen, wenn ich gleich im Nachthemd zu ihm auf den Balkon gehen werde. Dort finde ich ihn auch. Wartend wie immer. Es ist wirklich verrückt, das mitzuerleben. Ich bin wohl der einzige Mensch auf diesem Planeten, der solch ein verrücktes Verhalten wenigstens ansatzweise versteht. Treibt ihn doch dieser Traum hier heraus, der Einzige, den er überhaupt noch hat. Nacht für Nacht. Seit Wochen. Während ich nur noch komatös und traumlos neben ihm liege. Er tut mir wirklich leid und ich kann ihm nicht helfen. Vor ein paar Tagen sagte er, ich täte ihm noch viel mehr Leid, da ich überhaupt nichts mehr träumen würde. Seine Träume, egal wie sie aussehen, seien existenziell für ihn und er würde wohl durchdrehen, sollte er gar nicht mehr träumen können. Ich lehne mich an seinen Rücken, meine Hände gleiten unter sein Schlafshirt, fühlen seine Haut und halten sich an ihm fest. Eigentlich will ich ihm damit sagen, dass ich ihn halte, für ihn da bin, sein verrücktes Verhalten akzeptiere und wenigstens versuche, ihm zu helfen. Wie auch immer das aussehen mag. »War er wieder da?«

»Ja, er fing an zu fliegen. Erst ist er hochgesprungen, dann hat er versucht, sehr ungelenk und mit Schwimmbewegungen an Höhe zu gewinnen. Nur hat wohl seine Kraft nicht gereicht, er stürzte aufs Kopfsteinpflaster und das hat ihn dann verschlungen.«

»Hast Du sein Gesicht erkennen können?«

»Nein. Noch immer nicht.«

»Ich kann uns Frühstück machen oder wir gehen einfach wieder ins Bett. Es ist Samstag und wir haben viel Zeit.« Ich küsse seinen Nacken, seine Härchen stellen sich unter meinen Lippen auf, während ihn ein Schauer durchfährt. Zwei, drei tiefe Atemzüge später löse ich meine Hände von seinem Körper, greife seine Hand und ziehe ihn hinter mir her, damit wir uns beide im Bett von den Sonnenstrahlen und voneinander verwöhnen lassen können.

* * *

Das Wasser der Dusche trifft mich heiß und mit
hartem Strahl, trotzdem lenkt es mich nicht von den
Dingen ab, die seit Wochen meine Gedanken
beherrschen, nur Kerstin schafft es regelmäßig, allein
durch ihre Anwesenheit, ihre Stimme und selbst
durch ihren Geruch. Kein Traum, der jemals geträumt
wurde, war schöner und intensiver als das, was ich
fühle, wenn sie bei mir ist, und je näher wir uns sind,
umso intensiver sind meine Gefühle für sie. Ich mag
mir gar nicht vorstellen, was wäre, wenn sie aus
meinem Leben verschwinden würde. Allein der
Gedanke daran versetzt mein Herz in irrsinnige Panik.
In ihrer Nähe fühle ich mich sicher, ist sie doch
diejenige von uns beiden, die wachen Geistes durch
die Traumwelt gehen kann - gehen konnte. Sie träumt
gar nichts mehr, während ich jede Nacht diesen Mann
zu uns kommen sehe. Unten auf der Straße geht er,
dann schaut er zu uns hoch, aber irgendwie kann ich
mich nicht rühren und er schafft es nicht, zu uns zu
kommen. Ich habe das dringende Gefühl, ihm helfen
zu müssen, doch es will einfach nicht gelingen. Die
Badezimmertür öffnet sich, Kerstin reicht mir den
Bademantel und gibt mir zu verstehen, dass das

Frühstück fertig ist. Als ich in die Küche komme, schaut sie mich an und sagt: »Ob sie sich vielleicht doch kennen?«

»Das wäre möglich, halte ich aber noch immer für unwahrscheinlich.«

»Warum?«

»Das wäre schon zu viel Zufall, oder? Ich glaube auch nicht, dass einer von den beiden etwas mit Lady Di zu tun hatte.«

»Ich finde nur den Ablauf sehr auffällig. Erst lerne ich deine Hexe und ihre Hand kennen und schon ein paar Nächte später träume ich überhaupt nichts mehr und Du nur noch diesen einen einzigen Traum. Ich werde das Gefühl nicht los, dass sie dahinter steckt und irgendetwas vorhat.« Immer wenn Kerstin oder auch ich an den Punkt gelangen, an dem wir die Hexe als ein reales, denkendes Wesen bezeichnen, das einen Plan haben könnte, fange ich an, an allem zu zweifeln. An mir, an ihr. Das ist immer der Punkt, an dem ich mir maximal bescheuert vorkomme und auch irgendwie nicht glauben mag, dass Kerstin wirklich ernst meint, was sie sagt. Wer kann denn ernsthaft an so einen Blödsinn glauben? Jedoch ergibt es Sinn, zumindest für uns. Aber nüchtern betrachtet, scheint es, als hätten wir komplett einen an der Waffel. Trotzdem stehe ich mehrmals täglich auf dem Balkon und halte Ausschau nach dem Kerl, der bei uns nach

Hilfe suchen wird. »Ich weiß nicht«, sage ich. »Das kann doch eigentlich alles nicht wahr sein, und doch ist es unsere Realität, nur dürfen es andere niemals erfahren. Die sperren uns doch sofort in die Klapse.«

»Ich weiß ja auch nicht, was ich wirklich von alldem halten soll. Es beschäftigt mich die ganze Zeit, selbst meiner Chefin ist es schon aufgefallen. Sie hat mich gestern von der Kasse geholt und wollte wissen, ob mein Freund mich gut behandelt, weil ich mich verändert hätte.«

»Oh! Was hast Du gesagt?«

»Das alles super ist natürlich.« Sie lächelt mich an. Gott, wie ich diese Augen liebe, diesen Blick, diese Frau.

Kapitel 14

Der Nebel ist verzogen und die Laternen sind erloschen, es dämmert und bald wird die Sonne aufgehen. Ich schaue vom Balkon, während er gerade um die Ecke geht. Er ist nicht allein. Die Hexe ist bei ihm. Sie sieht genauso aus wie in diesem Traum, den ich mit Kerstin zusammen hatte. Nackt ist sie und die Haut hängt in Fetzen von ihrem Körper herab, hier und da kann man Knochen erkennen. Sie scheint sich zu freuen, mit tänzelndem Gang zieht sie ihn hinter sich her, als könne sie es kaum erwarten, uns miteinander bekannt zu machen. Dann richtet sie ihren Blick zu mir herauf. Ihre lidlosen Augen scheinen vor Begeisterung zu strahlen, ohne Wangen und mit einigen kleinen Fetzen Fleisch, wo einmal Lippen waren, lacht sie irgendwie über das ganze Gesicht. Sie winkt mir, als wären wir allerbeste Freunde und hätten uns jahrelang nicht gesehen. In Höhe unseres Balkons auf der anderen Straßenseite halten sie an. Ganz dicht stellt sie sich nun an den Mann, lenkt seinen Blick auf mich, indem sie mit einem verkohlten Finger auf mich zeigt. Er schaut mich an, schaut mir direkt in die Augen. Die Distanz zwischen uns schmilzt dahin, ich sehe seine Augen direkt vor mir und erkenne, was ihn antreibt. Sehnsucht, Liebe, Leid, Hingabe, Opferbereitschaft. All das vereinigt sich in diesen traurigen Augen, deren Schmerz ich nur allzu gut nachempfinden kann. Es sind ebendiese Gefühle, die mich förmlich erschlagen, wenn ich mir vorstelle, Kerstin könnte eines Tages nicht mehr an meiner Seite sein. Sollten wir Brüder im Geiste, Brüder im Herzen sein? Ist sie seine große Liebe? Haben sie sich verloren und versuchen, sich in der Traumwelt wiederzufinden? Ist das überhaupt möglich? Weder kann ich mich bewegen, noch kann ich nach ihm rufen. Die Distanz zwischen uns ist wieder hergestellt. Ich auf dem Balkon und er auf der anderen Straßenseite. »Bastian!«, ruft jemand. »Bastian!« Es ist Kerstin. Sie rüttelt an mir, reißt mich aus dem Schlaf und damit auch aus dem Traum. »Bastian! Wach auf!« Langsam erwachen meine Sinne und ich öffne die Augen. Kerstin sieht völlig fertig und aufgeregt aus, rüttelt noch immer an mir, während ich mich schon aufrichte. »Bastian, ich glaube, er ist da.«

* * *

Bastians Augen weiten sich, ich kann nicht deuten, ob er sich freut oder fürchtet. Wie in Trance steigt er aus dem Bett. »Willst Du allein zu ihm gehen?«, frage ich. Aber er schaut nur in meine Richtung, mich nicht an, sondern nur durch mich hindurch. Dann geht er ohne Schuhe, lediglich mit einer Unterhose und einem Shirt bekleidet. Ich bin unsicher, ob ich ihm folgen soll, deshalb eile ich auf den Balkon und schaue nach unten. Da steht er noch, gegenüber auf der anderen Straßenseite und schaut zu mir herauf. Suchend, fragend. Ich kann nur zurückschauen und habe keine Ahnung, was ich tun oder sagen soll. Krank sieht er aus oder zumindest völlig fertig, als hätte er die letzten Tage durchgefeiert. Eine Bewegung im Augenwinkel lässt mich den Blick von ihm abwenden. Bastian ist aus der Haustür getreten und steht ihm gegenüber. Kein Wort fällt, sie stehen beide nur da und schauen sich an. Es kommt mir vor, als würden sie mit ihren Gedanken kommunizieren und als teilten sie ein Schicksal miteinander. Zwei Kameraden, die Seite an Seite Kriege und Gefangenschaften überlebt haben und sich gerade nach Jahrzehnten wiedersehen. Bastian bewegt sich, hebt eine Hand und macht eine einladende Geste in Richtung der Haustür. Der andere kommt über die Straße. Wortlos gehen sie zusammen ins Haus. Mein Herz schlägt so stark, dass es mir im Kopf hämmert, als ich mich im Flur aufstelle, um sie zu empfangen. Was wird nun passieren? Was will er von Bastian oder von uns? Haben ihn seine Träume hierher geführt? Und die für mich fast wichtigste

Frage, kennt er die verbrannte Sängerin? Schritte im Treppenhaus, aber keine Stimmen, die Tür öffnet sich. Vor mir stehen Bastian und ein völlig gebrochener Mann. Es ist mir unmöglich, sein Alter zu schätzen. Er könnte um die dreißig sein oder straff auf die fünfzig zugehen. Tiefe dunkle Ränder um seine Augen zeugen von zu wenig, nein, von gar keinem Schlaf, und das wahrscheinlich seit Tagen. Immerhin muss er sich vor nicht allzu langer Zeit die Haare gewaschen haben. Wild und unkontrolliert wuchern sie offenbar seit mehreren Wochen auf seinem Kopf, aber nicht schmutzig oder fettig. Auch seine Jeans und das Shirt sind nicht dreckig, nur völlig zerknittert und bilden damit eine Einheit mit seinem Gesicht und seinem erschöpften, aber doch konzentriert suchenden Blick. Ja, auf jeden Fall sucht er etwas, aber was und warum gerade bei uns. »Ich koche uns mal einen Kaffee«, ist alles, was mir einfällt. Jede noch so freundlich gemeinte Begrüßung oder Vorstellung wäre im Moment absolut fehl am Platz. Bastian bittet ihn mit Blicken ins Wohnzimmer, während ich in der Küche verschwinde. Kein Wort fällt, bis ich mit drei Bechern, Milch und Zucker zu ihnen komme. Ein sehr mildes Lächeln bedankt sich bei mir für den Kaffee. Ich setze mich neben Bastian auf das Couch-Monster, er sitzt uns gegenüber. Noch immer redet keiner von uns und noch immer suchen seine Augen nach etwas, scannen förmlich unser Wohnzimmer nach Hinweisen auf irgendetwas, lauschen seine Ohren nach einem Geräusch. Fast scheint es, als wären wir völlig unwichtig, als würde er lediglich etwas abholen wollen. Etwas sehr Wichtiges offensichtlich und es befindet sich hier in unserer Wohnung oder es wird ankommen oder erscheinen oder was auch immer und er wird es nehmen und wieder gehen. Nach ewig scheinenden Minuten wird er nervös, seine Lippen werden immer schmaler, hinter zusammengekniffenen Augenlidern tanzen Pupillen hin und her. Seine Gedanken müssen in wahnsinnigem Tempo rennen. Auf einmal stehen seine Pupillen still, sind auf mich gerichtet und ich bekomme es mit der Angst zu tun. Er mustert mich nicht einfach nur, fast scheint er zu versuchen, in meinen Kopf eindringen zu wollen, gerade so, wie es die verbrannte Sängerin getan hat, nur gelingt es ihm nicht, jedenfalls spüre ich nichts davon. Bastian bemerkt es auch, lehnt sich näher zu mir und lenkt die Aufmerksamkeit unseres Besuchers auf sich. »Nun?«, stellt er deutlich fragend in den Raum und beginnt endlich ein Gespräch.

»Wann kommt sie?«, antwortet er mit zittriger Stimme.

»Wer?«

»Das kann ich nicht genau sagen, nur von euch beiden ist es keiner, da bin ich mir sicher.«

»Wir erwarten niemanden.«

»Ihr wohnt hier allein?« Immer leiser und irgendwie ängstlicher wird seine Stimme.

»Hier wohnen nur wir. Aber auf eine eigenartige Weise haben wir Sie erwartet.«

»Dann war es umsonst. Alles war umsonst.« Sein Blick ist in endlose Weiten entrückt und sein Tonfall klingt endgültig. Er nimmt uns überhaupt nicht mehr wahr. Schon schickt er sich an, aufzustehen. Wenn er jetzt geht in diesem Zustand muss man kein Psychologe sein, um zu erkennen, dass er schreckliche Dinge mit sich selbst vorhaben könnte. Bastian lenkt sofort ein: »Bestimmt können wir das aufklären. Sagen Sie uns doch bitte, was Sie wissen, bestimmt können wir Ihnen helfen. Ich habe seit Wochen gewusst, dass Sie kommen werden. Das kann doch nicht umsonst gewesen sein.«

»Ich möchte niemandem zur Last fallen und außerdem würdet ihr mir das sowieso nicht glauben.« Langsam aber sicher quillt aus seinem rechten Auge eine Träne, während er aufsteht. Bastian wirkt auch zunehmend deprimiert. Er will sich nicht damit abfinden, dass es das gewesen sein soll. Sehr deutlich und etwas zu laut startet er einen verzweifelten Versuch, diesen Mann in unserer Wohnung zu halten:

»Suchen Sie vielleicht nach einer Hexe? Einer Sängerin? Einer verbrannten Frau?« Hätte er gewusst, was seine Worte bei unserem Besucher auslösen, er hätte sie mit Sicherheit anders formuliert. Augenblicklich wird aus dieser einen Träne ein regelrechter Sturzbach. Seine Hände vor dem Gesicht zusammenschlagend, fällt er rückwärts auf unsere Couch. Zwischen dem Weinen und Schluchzen hören wir immer wieder nur einen Satz heraus: »Sie ist keine Hexe! Sie ist keine Hexe!« Bastians verzweifelte Blicke treffen mich. Ich gebe ihm ein Zeichen und setzte mich neben diesen Mann, der am Ende von allem zu sein scheint. Am Ende und noch lange nicht am Ziel. Meine Hand greift eine von seinen, zieht sie von seinem Gesicht und legt sie in meinen Schoß, wo ich versuche, sie so zärtlich, wie es mir nur irgendwie möglich ist, festzuhalten. Tatsächlich sucht er sie. Wir hatten es vermutet und verworfen und wieder vermutet und wieder verworfen. Doch wie sollen wir ihm helfen, ein Traumbild zu finden und zu behalten. Die Aufgabe ist klar, das Rätsel um Bastians Traum gelöst. Nur ist es unmöglich, diese Aufgabe zu bewältigen und gerade haben sich etliche neue Rätsel aufgetan. Für den Anfang beschränke ich mich darauf, diesen Mann in seinem Elend zu beruhigen und trösten zu wollen. Falls das überhaupt zu schaffen ist.

* * *

Alles, was bisher geschehen war, scheint nun Sinn zu ergeben und alles, was nun kommt, übersteigt unser Wissen um das Milliardenfache, an das Können will ich gar nicht denken. Im Moment ist Kerstin damit beschäftigt, ihn nach seinem Namen zu fragen. Der Kerl hatte tatsächlich einen ausgewachsenen Nervenzusammenbruch. Es hat fast eine Stunde gebraucht, damit er wenigstens einigermaßen ansprechbar war. Zuerst nennt er ihr einen Namen, der in der Tat sehr alt klingt. Abaelard. Dann fällt ihm ein, es sei wohl besser, ihn einfach Paul zu nennen, denn das wäre sein Name in diesem Leben. Bei diesem Satz schaltet sich mein Verstand ein und jagt mit einer Armee von klaren Gedanken durch meinen Kopf, damit ich diesen Kerl einfach aus der Wohnung schmeiße, aber sowohl mein Bauch als auch mein Herz sind für diese Armee unerreichbar. Alles passt zusammen und es scheint, als müssten wir uns darauf einlassen. Es fühlt sich an, als wäre zumindest mein Leben einzig auf den heutigen Tag ausgerichtet gewesen. Ich beschließe, diesem vorsichtigen Annähern ein Ende zu setzen, denn das macht mich nur noch fertiger, als ich es sowieso schon bin, und in

Kerstin sieht es mit Sicherheit auch nicht besser aus. Der Gedanke an sie treibt mich am meisten dazu, diesem verständnisvollen Gehabe ein Ende zu setzen oder einen Anfang. Egal wie. Jetzt wird Tacheles geredet. Für Paul wird es mit Sicherheit nicht schön werden, doch ich muss an Kerstin denken. Mit betont sicherem Schritt gehe ich zur Couch, setze mich auf den Sessel davor, bin so ernst, wie ich es nur kann und versuche dabei irgendwie auch noch eine Spur Verständnis zu vermitteln. Breitbeinig mit den Ellenbogen auf den Knien und gefalteten Händen beuge ich mich den beiden entgegen und beginne sehr eindringlich als guter und böser Bulle in einer Person: »Also, ich habe seit Wochen jede Nacht davon geträumt, dass Du hier bei uns auftauchst. Warum? Mein Leben lang schon verfolgt mich diese Hex... - Frau in meinen Träumen und macht mich echt fertig. Warum? Warum ich? Was ist passiert? Mit ihr, mit dir, mit euch. Wann und wie? Ob es verrückt klingt oder nicht, ist mir egal. Außer Kerstin und mir wird es Dir sowieso niemand glauben. Unsere Geschichte würde uns nämlich auch niemand abkaufen. Also raus mit der Sprache. Erzähl einfach alles, und wenn es eine Woche dauert, oder geh wieder und sag deiner Freundin, sie soll uns in Ruhe lassen.« Oh man, jetzt tut er mir noch mehr leid als ohnehin schon. Es würde mich nicht wundern, wenn er gleich wieder einen

Zusammenbruch erleidet. Wider Erwarten richtet er sich auf und während er sich mit dem Ärmel seines Shirts über das Gesicht wischt, beginnt er zu erzählen.

»Rossinhol, ihr Name ist Rossinhol ...« Was wir nun zu hören bekommen, erinnert uns ein wenig an uns selbst, auch die Geschichte dieser beiden beginnt mit Träumen, auch sie ist unglaublich, wird immer unglaublicher und endet tragisch. Zu tragisch. Dann berichtet er von seiner Reinkarnation. Wie seine Seele in Pauls Körper fuhr und wie er seitdem nur noch völlig neben der Spur ist, von jetzt auf gleich toben die Erinnerungen aus etlichen Leben in seinem Kopf und er scheint ein ernstes Problem damit zu haben, wer er wirklich ist. Zurzeit wohl Paul Stein, nur fühlt es sich für ihn nicht so an. Außerdem – und das ist wohl das Krasseste an seiner Story, – sagt er, er wisse alles über das Universum, über dunkle Materie und dunkle Energie und darüber, wie Seelen wandern würden. Es ist mir immer unmöglicher, diese Geschichte zu glauben, mein Verstand versucht inzwischen Bauch und Herz mit Atombomben zu beschießen, um sie davon abzuhalten, sich auf ein irrwitziges Abenteuer einzulassen. Nur dringt er nicht zu ihnen durch, denn auch wir erzählen ihm nun unsere Geschichte von Paris, dem Keller unterm Keller unterm Keller, Kerstins Besuchen in der Traumwelt, meine Geschichte vom siebten Buch Mose, unserem

Kennenlernen in der Bar und natürlich unserer gemeinsamen Begegnung mit Rossinhol. Mittlerweile wird es Abend und wir haben Paul gerade erst einmal kennengelernt und ihm unsere Geschichte erzählt. Niemals hätte ich für möglich gehalten, noch einen dritten Menschen kennenzulernen, dessen Geschichte sich mit meiner – unserer deckt. Eine Sache allerdings bereitet mir Sorgen. Paul scheint irgendwie nur ein Mittel zum Zweck zu sein. Ich hoffe inständig, dass wir das nicht auch sein sollen. Hunger. Auf einmal kommt er über mich. Außer ein paar Tassen Kaffee und Gläsern Wasser haben wir noch nichts zu uns genommen. »Ich bestelle mal Pizza. Lange halte ich es ohne Essen nicht mehr aus.«

»Das ist eine gute Idee«, sagt Kerstin und fragt Paul, was er haben möchte. Mit der Zeit ist er ruhiger geworden, scheint Vertrauen zu fassen und taut mehr und mehr auf. Längst haben Kerstin und ich beschlossen, uns für den Montag krank zu melden und unserem Gast ein Lager auf dem Sofa zu gewähren. Nachdem wir die Pizza gegessen haben, neigt sich ein wunderschöner Frühsommertag langsam dem Ende entgegen, ohne dass wir etwas von seiner Schönheit mitbekommen haben. Ein Tag, der an uns vorüberging, als hätte er nur ein paar Minuten gedauert. Spät am Abend ist es und noch immer sendet die längst untergegangene Sonne ihr Licht über den Horizont. In einer Woche ist Sommersonnenwende.

Kapitel 15

Schlaf, traumloser komatöser Schlaf. Er entlässt mich und meine Sinne erwachen. Es ist noch früh und ich werde bald meine Chefin anrufen müssen, um mich krank zu melden. Ich werde lügen. Ich werde einer Verpflichtung mit einer Lüge aus dem Weg gehen. Fast bekomme ich Bauchschmerzen deswegen, zumindest macht sich ein sehr ungutes Gefühl in meiner Magengrube breit. Als ob der Magen regelrecht nach Nahrung schreien würde, aber schon so klein zusammengeschrumpft ist, dass nicht ein einziger Krümel hineinpassen würde. Und als wäre das noch nicht genug, werde ich direkt wieder mit der bis heute einzigen Lüge meines Lebens konfrontiert und ich möchte mich übergeben. Eine richtige Lüge ist es eigentlich nicht. Ich habe es Bastian nur noch nicht erzählt. Wie auch. Ich kann ihn nicht darum bitten. Nicht in tausend Jahren. Auch wenn wir durch unsere Traumgeschichten verbunden, in einzigartiger Liebe zu einer wundervollen Einheit verschmolzen sind. Und doch. Das würde alles sprengen, alles zunichtemachen. Paul, Abaelard, hat es uns gestern in seiner Geschichte quasi auf dem Silbertablett serviert.

Sehr geschickt hat auch er vermieden, das Unaussprechliche zu erwähnen. Hat die wichtigen Details ausgelassen. Ich wusste es in dem Moment, als er Rossinhols und seinen ersten gemeinsamen Traum erwähnte. Irgendwie hoffte ich, Bastian käme von selbst drauf, als die Geschichte ihr Ende nahm und Rossinhol mit der Hand im Feuer verschwand. Rossinhol - die verbrannte Sängerin und ich, wir sind uns sehr ähnlich. Schwestern im Geiste. Deshalb war sie so voller Freude und Glück, als sie mich gesehen und in mein Innerstes geschaut hat. Ich kann ihre Erlösung sein, wir können ihre Erlösung sein und wir könnten wahrscheinlich diese beiden Liebenden endlich wieder zusammenbringen. Doch zu welchen Preis? Zu welchem Preis? Schlaf! Traumloser komatöser Schlaf, komm zurück und erlöse mich vom Wachsein, lass mich schlafen, lass meinen Geist ruhen und vergessen, ruhen und vergessen. Dennoch bewegen sich meine Beine und geben das Signal an den Körper, sich zu erheben. Bastian ist bereits aufgestanden. Ich finde ihn zusammen mit unserem Gast in der Küche sitzend.

»Guten Morgen!«, begrüßen mich beide wie aus einem Mund.

»Guten Morgen!«, sage ich und wundere mich über dieses eine Staubkorn, welches zwischen den beiden schwebt, als wäre es durch das Licht der Sonne sichtbar geworden. Nur, dass an diese Stelle keine Sonnenstrahlen gelangen können und auch die Deckenlampe ist ausgeschaltet.

»Ich habe bereits im Geschäft angerufen, deine Chefin weiß Bescheid und sagt, es ist in Ordnung. Du kannst die ganze Woche zu Hause bleiben.« Bastian! Geliebter und fürsorglicher Bastian! Du kümmerst dich mit allem, was Du hast, damit es mir gut geht, und ich will dich töten. Meine Knie versagen, ich spüre, wie sich mein Gesicht zu einer Grimasse verzerrt, wie aus dem Off dringt dieser kurze Schrei von meinem Mund an mein Ohr. Bastian fängt mich auf und macht es damit nur noch schlimmer. Er trägt mich zum Couch-Monster und mit jeder Sekunde, in der er sich weiter um mich kümmert, vervielfachen sich mein schlechtes Gewissen und die Zahl meiner Tränen.

»Du weißt es?«, fragt mich Abaelard. Mit verschwommenen Blick erkenne ich ein Glas Wasser in seiner Hand, das wohl für mich gedacht ist. Ich kann nicht antworten. Zum einen, weil ich nicht aufhören kann zu weinen und zum anderen, weil es schlichtweg nicht möglich ist, dass auch nur ein einziges Wort darüber meinen Mund verlässt. Abaelard ist empathisch genug, um diese Frage zu umschiffen und am Ende trotzdem alle Informationen zu haben. »Seit wann?«, fragt er weiter. Ich rühre mich nicht. »Seit gestern?«, beharrt er weiter auf eine Reaktion von mir. Wie von selbst schüttele ich den Kopf und irgendwie antworte ich ihm doch noch. Erbreche die Worte aus mir heraus: »Schon immer.« Ich drehe mich von Bastian weg. Es darf nicht sein, dass er meine Stütze ist, während ich in seiner Gegenwart über seinen Tod spreche. Abaelard begreift die Situation. »Komm mit«, sagt er zu Bastian. »Komm mit, sie muss allein sein. Du wirst es noch verstehen, aber jetzt komm mit.«

* * *

»Was ist hier los? Was weiß sie schon immer?«, fahre ich ihn derb im Flüsterton an, nachdem ich auch die Küchentür geschlossen habe, damit Kerstin Ruhe hat. Ich möchte über ihn herfallen, ihm den Schädel einschlagen, von dem Balkon werfen, auf dem ich auf ihn gewartet habe. Kerstin liegt völlig fertig im Wohnzimmer und ich soll ihr nicht helfen dürfen. Die ersten Atombomben meines Verstandes finden ihre Ziele, zerstören aufgebautes Vertrauen und die Armee der klaren Gedanken macht sich bereit für die Invasion von Herz und Bauch. Paul setzt sich hin und deutet mir, es ihm gleichzutun. Ich kann und will mich nicht setzen, nicht jetzt. Ein letzter Funke guten Willens lässt mich aber doch Platz nehmen.

»Ich habe es gestern auch nicht übers Herz gebracht, es euch zu sagen. Aber nun ist es raus«, sagt er.

»Was ist raus?«

»Rossinhol hat eine Hand dabei, das weißt Du am besten. Warum glaubst Du, ist das so?«

»Sie ist mit ihr zusammen verbrannt und nun geistern sie durch meine Träume«, gebe ich patzig zurück. Bald reicht es mir. Ich will nach Kerstin schauen. Nichts anderes interessiert mich.

Er aber redet unbeirrt weiter: »Sie sind untrennbar miteinander verbunden und haben dadurch die Kraft, sich zwischen den Welten zu bewegen, und bis zu einem gewissen Grad können sie Dinge beeinflussen. Der Plan war, dass ihr Vater uns gleichzeitig die Köpfe abschlägt, nachdem das nicht geklappt hatte, wollte ich zu ihr ins Feuer springen. Wenn zwei verbundene Seelen exakt zur gleichen Zeit sterben und am allerbesten auch noch auf die gleiche Art und Weise, sind sie auf ewig miteinander verbunden. Auf diese Weise entstehen Traumelben. Je enger ihre Verbindung im Leben und im Sterben, desto stärker ist die ewige Verbindung und umso mehr Dinge können sie beeinflussen – in beiden Welten.«

»Um dann kopflos oder verbrannt in der Ewigkeit umherzugeistern? Was für ein genialer Plan!« Ich ohrfeige ihn quasi mit meinem Sarkasmus, und wenn ich nicht bald eine Erklärung für Kerstins Zustand bekomme, flippe ich völlig aus.

Auch das bringt ihn gerade nicht aus der Ruhe, von diesem verzweifelten Mann, der er gestern noch war, ist nichts mehr zu sehen. »Das größte Problem sind die Unsicherheiten. Je verschiedener man stirbt, umso mehr kann schief gehen. Es kann passieren, dass man den Schmerz seines Todes mitnimmt und ihn auf ewig spürt. Und wenn der Zeitpunkt nicht stimmt, dann klappt es überhaupt nicht.«

»Dann ist bei Rossinhol und dir aber so einiges schiefgelaufen.«

»Genau. Ihr seht sie als verbrannte Frau, die von einer Hand begleitet wird. Wenn sie nicht ihre Gabe gehabt hätte, dann hätte es damals wohl überhaupt nicht funktioniert, was zweifellos besser gewesen wäre. Denn nun ist sie zwar ein Traumelb und kann Dinge beeinflussen, aber trotzdem allein und verbrannt. Ich hoffe inständig, dass ihre Wunden nicht auch noch schmerzen.«

Er ist bei den letzten Sätzen immer leiser geworden und schaut nur noch durch mich hindurch. Aber ich will endlich wissen, was mit Kerstin ist. Sein Zustand ist mir gerade völlig egal. »Wie viele Leute machen das bitte und bringen sich gleichzeitig um? Ich träume so viel Verschiedenes oder wurden mir all diese Träume nur von Rossinhol gebracht?«

»Die Allerwenigsten kommen von ihr, es sind nur die, die Du ihr auch wirklich zuordnen kannst. Den Rest haben dir andere Traumelben beschert.«

»Es kann unmöglich so viele geben, die sich auf diese Weise selbst gerichtet haben?«

»Nein, wie schon gesagt, viele nehmen den Schmerz und die Art des Todes mit. Deshalb sind Träume in der Regel auch eher beängstigend und nur sehr selten entstehen Traumelben durch einen Freitod, die meisten von ihnen sind gemeinsam gefallene Soldaten auf den Schlachtfeldern dieser Welt.«

»Aber die verschwinden doch nicht alle einfach so. Allein nach dem D-Day hätte man doch kaum noch jemanden an Omaha-Beach finden dürfen.«

»Nur sehr wenige können ihre Körper mitnehmen, und das ist der Punkt, an dem Kerstin ins Spiel kommt. Sie und Rossinhol sind mit einer außergewöhnlichen Gabe gesegnet. Sie beide können in ihren Träumen die Traumwelt sehen. Rossinhols Fähigkeiten gingen noch um ein Vielfaches weiter als Kerstins. Wobei ich glaube, dass Kerstin ihr Potenzial noch lange nicht ausgeschöpft hat. Ich glaube, das liegt einfach an dieser Zeit, in der ihr lebt, mit diesem mangelnden Kontakt zur Natur. Stattdessen wird alles immer technischer und muss mit Nullen und Einsen erklärt und in erträgliche Formen gequetscht werden. Da ist im wahrsten Sinne des Wortes vorprogrammiert, dass man solch eine Gabe unterdrückt und nicht auslebt.«

»Was könnte Kerstin denn noch alles tun?«

»Allein die Tatsache, dass Rossinhol sich ihr zeigen kann, spricht für Kerstins enorme Fähigkeiten. Du konntest immer nur Lärm und helles Licht wahrnehmen, wie sie wirklich aussieht, weißt Du erst, seit Du mit Kerstin zusammen träumst, und auch das macht Kerstin. Eure gemeinsamen Träume entstehen nur durch sie.«

»Das heißt also ...«, während ich spreche, geht mir ein Licht nach dem anderen auf. »Wenn Kerstin und ich gleichzeitig sterben, könnten wir zu einem Traumelb werden?«

»Und wenn ihr es geschickt anstellt, nicht nur zu irgendeinem Traumelb, ihr könntet wirklich mächtig werden. Denn auch Du besitzt ein paar dieser Fähigkeiten. Sonst hätte Rossinhol dich nicht erwählt, um ihr vielleicht irgendwann einmal helfen zu können. Sie ist zu schwach, um sich jedermann zu zeigen, bei dir hat es zumindest zu Lärm und Licht gereicht, außerdem wusstest Du, dass sie eine Frau ist und eine Hand bei sich hat. Aber sie hat auch dir geholfen. Mit Sicherheit war sie bei dir, als Du vorsichtig gefahren bist und es nicht zum Unfall mit dem anderen Auto gekommen ist. Und sie hat das Buch verschwinden lassen, das Du im Keller versteckt hattest. Da sie so schwach ist, muss sie das wahnsinnig viel Energie gekostet haben.«

Ich weiß nicht, an was ich gerade zuerst denken soll. Kerstin, Rossinhol, mich als Kind, Kerstins Träume, ihr Wissen, meine Verbindung zu Rossinhol, unsere Verbindung zu dritt, alles überschlägt sich und Abaelards Worte lösen eine Sintflut in meinem Kopf aus, die allen unnötigen Ballast zur Seite schwemmt, und irgendwann sind nur noch die Gedanken präsent, welche jetzt und hier am wichtigsten scheinen. Langsam fallen sie mir förmlich aus dem Mund: »Kerstin wusste von diesen Dingen … alles … schon immer … dann trat ich in ihr Leben, sie wusste von meiner Fähigkeit … und … von unserem Potenzial … von Rossinhols Leid … sie hat es mir nie gesagt, … weil … weil es meinen Tod bedeutet.« Ich stürme aus der Küche durch den Flur ins Wohnzimmer. Kerstin steht mitten im Raum, die Arme eng vor der Brust verschränkt, ihre angsterfüllten Augen können mich gerade so erkennen, da sie den Kopf gesenkt hält und durch einige Haarsträhnen schauen muss. Sie zittert am ganzen Körper, bewegt sich aber sonst keinen Millimeter. Für einen Moment verharre ich in meiner Bewegung, ich kann noch immer nicht glauben, was mir Paul, Abaelard, da eben alles aufgezeigt hat. Doch nur ein Blick zu ihr sagt mir, dass sie es tatsächlich auch weiß und dass sie es mir wohl genauso erklärt hätte, wenn irgendwann einmal die Zeit reif gewesen wäre. Endlich bewege ich mich wieder, nehme sie in den Arm und versuche, so ruhig und zärtlich zu klingen, wie es mir nur möglich ist. »Das hätte ich dir auch niemals sagen können.« Wieder sinkt sie in sich zusammen, wieder trage ich sie zur Couch, schließe sie in meine Arme, doch diesmal gehe ich nicht. Die Tränen aus ihrem Gesicht küssend halte ich sie fest und sie mich. Erst am Nachmittag wechseln wir von der Couch ins Bett. Abaelard ist irgendwann gegangen, ohne sich zu verabschieden. Auf einem Tetrapack hat er uns seine Adresse und seine Handynummer hinterlassen. Ich habe nichts davon mitbekommen. Zu sehr war ich damit beschäftigt, Kerstin weiter zu beruhigen, oder besser gesagt, ihr zu zeigen, dass ich bei ihr bleibe und sich zwischen uns nichts geändert hat und auch nichts ändern wird. Sie war der festen Überzeugung, alles würde dadurch kaputt gehen, ich würde sie verlassen und sie stünde mit ein paar Kartons und Möbeln auf der Straße. Aber wie könnte ich das machen? Kerstin ist zu einem Teil von mir geworden, physisch und psychisch. Eine Trennung käme einer Amputation gleich, einer Amputation von beiden Beinen und beiden Armen.

Ich liege auf dem Rücken, Kerstins Kopf ruht auf meiner Brust und ihr Arm ist um meinen Körper geschlungen. Sie schläft seit zwei Stunden tief und fest, manchmal bewegt sie sich, lockert dabei ihren Griff, legt den Kopf ein wenig anders, um mich nur Minuten später wieder festzuhalten und den Kopf in seine ursprüngliche Position zu bringen. Ich weiß noch, was ich zu ihr sagte, als wir zum ersten Mal miteinander schliefen. »Noch näher als jetzt gerade werden wir uns niemals kommen. Wenn ich könnte, ich würde komplett mit dir verschmelzen und zu einem Körper, zu einem Geist zu werden.« Diese Worte geistern mir nun im Kopf herum, denn es scheint möglich. Aber wie soll man es anstellen, wenn es nur einen einzigen Versuch gibt und an dessen Ende in jedem Fall der Tod steht. Es ist verlockend, keine Frage. Nur zu gefährlich. Viel zu gefährlich. Zumindest klingt es nach einer Möglichkeit für die ferne Zukunft. Wenn wir alt sind und unser Leben sowieso gelebt haben. Aber was liegt an einem Leben in dieser Welt, wenn die Ewigkeit an die Tür klopft. Die Ewigkeit mit Kerstin. Ein Körper, ein Geist, eine Liebe.

* * *

Ich wache auf, langsam, tiefenentspannt. Bastians ruhiges und gleichförmiges Atmen lässt meinen Kopf sanft auf und ab wiegen. Ich bewege mich nicht, will ihn nicht wecken und dann spüre ich es, – ich träume. Endlich! So sehr es mich drängt, mich umzusehen, zu schauen, welche Form die Traumwelt heute hat, welche Geheimnisse ich ihr dieses Mal entlocken und auf welche fantastische Reise ich in dieser Nacht gehen kann, ich tue es nicht. Ich kann ihn nicht loslassen. Niemals! Nie wieder! Also öffne ich nur meine Augen und versuche, ohne den Kopf zu bewegen, zu erkennen, was um mich herum geschieht. Es ist wieder dieser verbrannte Wald, unser Bett ist ein Fels inmitten einer Lichtung. Von meiner Position aus kaum erkennbar, glaube ich hier und da einzelne grüne Halme zu erkennen, die sich ihren Weg aus der Erde durch die dicke Schicht von Asche gebahnt haben und sich nun anschicken, der Lichtung wieder Leben einzuhauchen. Ein Hundekopf taucht vor mir auf. Nein, kein Hund. Es ist ein Wolf, der uns neugierig betrachtet. Vollkommen lautlos springt er auf den Fels, auf dem wir ruhen und schnuppert an Bastian und mir. Für einen kurzen Moment berühren sich unsere Nasen, es scheint ihm zu gefallen, denn er wiederholt diese Berührung noch einige Male. Ich schließe meine Augen und genieße diese Zärtlichkeiten eines wilden Tieres. Nachdem es aufgehört hat, schlage ich meine Augen wieder auf. Der Wolf sitzt vor dem Fels und schaut in Richtung des Waldes, als würde er uns bewachen. Bald aber rennt er davon, schlägt einen Haken nach rechts und entschwindet meinem Blick. Ich könnte den Kopf heben, um zu sehen, wohin er läuft, doch ich will Bastian nicht wecken. Eigentlich will ich mich überhaupt nicht bewegen, will ihn spüren, so nah es nur irgendwie geht. Der Wolf kommt zurück und er ist nicht allein. Rossinhol ist bei ihm und neben ihr schwebt die Hand. Anders als der Wald und die Lichtung, die offensichtlich auf dem Weg sind, bald schon wieder die Heimat für viele Tiere sein zu können, scheinen ihre Verbrennungen nicht zu heilen, nicht einmal ansatzweise. Nach wie vor sieht sie schrecklich aus. Tonlos forme ich mit meinen Lippen ihren Namen. Sie jedoch legt lediglich einen ihrer verkohlten Finger an den Mund und ein kaum hörbares »Schhhh« erklingt in meinen Ohren. Sie senkt den Finger, lächelt mich an und nachdem sie mir einen Kuss zugehaucht hat, falle ich in diesen traumlosen, komatösen Schlaf, den ich mir zu Beginn dieses Tages so sehr gewünscht hatte.

Kapitel 16

Was sagt man, wenn all das, was einem im Kopf umherschwirrt, unaussprechlich ist. Wie redet man über den eigenen Tod und über den des Menschen, mit dem man sich unterhält und wenn man überdies mit diesem Menschen in Liebe verbunden ist? Wir haben heute früh noch kein Wort gesprochen. Alles, was wir tun, ist Zärtlichkeiten auszutauschen, um uns gegenseitig zu zeigen, wie sicher unsere Liebe ist. Trotz allem ist die Situation irgendwie beklemmend. Ich bereite das Frühstück vor, während Kerstin im Bad ist. Irgendwie muss ich dieses Schweigen brechen. Auch sie denkt mit Sicherheit an nichts anderes. Es muss auf den Tisch! Hände umfangen mich zärtlich von hinten, während ich uns Kaffee einschenke. Damit sie mich bei ihrer Antwort nicht direkt anschauen muss, stelle ich meine Frage, während sie noch hinter mir steht. »Wie sehr bist Du von alledem überzeugt? Wie sicher bist Du dir?« Ihre Antwort kommt prompt und sie klingt dabei sehr erleichtert.

»So sicher, wie ich mir sicher bin, dass dieser Kaffee in der Tasse und nicht an der Zimmerdecke landen wird.«

Das war deutlich. Mehr als deutlich. »Hast Du nicht den geringsten Zweifel?«

»Bis gestern schon. Bis gestern hat sich mein Verstand stets dagegen gewehrt, all diese Dinge als real anzusehen. Dann kamst Du und die Zweifel schwanden. Je mehr wir zusammen mit unseren Träumen erlebt haben, desto sicherer wurde ich mir, und Abaelard hat mich gestern final überzeugt. Wie kann es denn sein, dass seine und unsere Geschichten zusammenpassen wie zwei Teile einer zerbrochenen Schüssel? Wie kann es sein, dass er exakt dasselbe Wissen hat wie ich? Das sind für mich einfach keine Zufälle mehr oder Ausgeburten meines verworrenen Geistes.« Mittlerweile sitzt sie mir gegenüber, hält den Kaffeebecher in beiden Händen genau wie bei unserem ersten Frühstück an diesem Tisch, nachdem sie die Nacht auf der Couch geschlafen hatte. Genau wie damals trägt sie das Shirt, das ich ihr gab und das sie behalten wollte. Auch heute trägt sie keinen BH und auch heute noch bringt sie mich damit durcheinander. »Wie wird es sich anfühlen?«

»Besser als alles, was Du kennst.«

»Als alles?«

»Als alles!«, sagt sie mit einem vielsagenden Lächeln. »Viel besser!« Sie steht auf und zieht mich von meinem Stuhl weg.

* * *

Ich sinke auf ihn herab, spüre seine Haut, seine warmen Hände auf meinem Rücken, seine Lippen auf meinen. Das Pulsieren in mir wird langsam zu einem Rauschen, welches mich vollständig durchströmt. Unser beider Atem wird langsamer, beruhigt sich. Ich lege meinen Mund an sein Ohr. »Viel besser«, hauche ich, wiederhole ich mich. Er sagt nichts, hält mich an sich gedrückt, als würde er uns mit bloßer Muskelkraft zu einem Körper zusammenpressen wollen. »Ja«, flüstere ich und lasse ihn ein leichtes Nicken spüren. Als Antwort hält er mich noch fester, lange und schwere Atemzüge begleiten und verstärken seinen Wunsch, unsere Liebe auf ein viel höheres Niveau zu bringen. »Der Tag wird kommen«, sage ich noch immer sehr leise. »Der Tag wird kommen.« Mein Kopf löst sich aus seiner Umklammerung, wir küssen uns. Ich schaue in seine Augen und erkenne auch in ihnen diese Sehnsucht nach mehr. Um ihn wenigstens ein bisschen abzulenken, beschließe ich, ihm von meiner

Begegnung mit Rossinhol zu erzählen. »Was hast Du letzte Nacht geträumt?«

»Nichts von Abaelard. Endlich! Wir schliefen in einem Wald oder auf einer Lichtung. Irgendein Tier war noch da. Mehr weiß ich nicht. Es fühlte sich so schön und friedlich an, ich habe es einfach nur genossen.«

»Das Tier war ein Wolf.« Ich setze mich wieder auf, betrachte ihn und lasse meine Fingerspitzen über seine Haut gleiten. Bastian, mein Bastian.

»Stimmt! Jetzt, wo Du es sagst, – er hat an uns geschnuppert, oder?«

»Das hat er. Rossinhol war auch da. Nur kurz. Wir sahen uns an und sie machte eine Geste, dass wir weiterschlafen sollen. Das habe ich dann auch getan.«

»Sie war da? Ohne Lärm? Ohne Licht?«

»Ja. Sie sah glücklich aus, aber leider noch immer verbrannt.«

»Und die Hand?«

»Die war bei ihr, auch völlig entspannt.«

»Glaubst Du, wir könnten das ändern? Also ihren Körper heilen.«

»Möglich wäre das wohl, nur habe ich keine Ahnung wie. Ich weiß nicht einmal, wie wir perfekt sterben könnten. Es scheitert bereits am Anfang. Wir kennen den Weg, den wir gehen müssen, wissen aber nicht, wo er beginnt.«

* * *

In diesem Moment habe ich einen Geistesblitz. Wieder scheint sich alles zu fügen und wieder ergibt alles einen Sinn. Am Ende dieser Idee steht unumstößlich unser Tod und so langsam bekomme ich eine Vorstellung davon, wie hart es für Kerstin gewesen sein muss, mit diesem Wissen zu leben, ohne mir davon zu erzählen, denn auch mir bleiben die Worte im Halse stecken, selbst wenn es sich eventuell nur um einen Probelauf handeln könnte. Nicht einmal das kann ich ihr sagen. Ich fühle mich wie ein Mörder wider Willen. Doch auf einmal formt mein Mund diese Worte, beendet er damit unser beider Leben für eine wahnsinnige Idee. Sicherlich bin ich der von uns dreien, der am wenigsten an den Erfolg dieser Geschichte glaubt, dennoch töte ich Kerstin, die Liebe in Person, mit nur einem einzigen kurzen Satz. »Abaelard kann es tun.«

»Und wie?« Nicht der kleinste Funken Zweifel schwingt in ihrer Stimme mit. Ganz so, als würde ich ihr erklären wollen, wie ich an der Arbeit in der Schlosserei ein Blech biege.

»Er ist Anästhesist, wenn jemand das medizinische Wissen hat, dann er.«

»Stimmt, daran habe ich noch gar nicht gedacht.«

»Erinnerst Du dich daran, was er von seinem Eintritt in Pauls Körper erzählt hat? Diese Lichter, die ihn führten. Er hat exakt die beiden Lichter beschrieben, die wir vor Rossinhols ersten Besuch gesehen haben. Zwei Lichter, von denen eines kleiner als das andere das Größere wie ein Mond seinen Planeten umkreist. Ich glaube, es waren Rossinhol und die Hand. Bestimmt hat sie nicht grundlos Paul, den Anästhesisten ausgewählt.«

»Das ergibt tatsächlich Sinn«, sagt sie erstaunt und ich bin ein bisschen stolz darauf, eine Lösung gefunden zu haben. Eine Lösung für unseren perfekten Tod. Herz und Bauch haben meinen Verstand endgültig besiegt. Letzte Zweifel werden gnadenlos unterdrückt. Das Ende naht, und wir sehen ihm freudestrahlend entgegen. Wie krank ist das eigentlich!? Wie egal ist es mir!? »Ich kenne mich damit nicht aus, aber vielleicht kann er uns so tief in Narkose versetzen, dass wir so etwas wie einen Probelauf machen könnten.«

»Meinst Du?«

»Vielleicht.«

* * *

Ich bekomme fast Angst, weil er so sicher klingt, so überzeugt von alledem. Nicht, dass ich es nicht auch wäre, ganz im Gegenteil, aber was, wenn ich mich doch irre, wenn das alles doch nur Hirngespinste sind und wir sterben für nichts, für überhaupt nichts. Aber es kann nicht sein, durch Bastian wurden aus meinen Ideen Indizien und durch Abaelard wurden sie zu Beweisen. Ich bin mir sicher und gerade eben hat Bastian selbst noch einen weiteren Zusammenhang hergestellt, der mir bisher entgangen war. »Wollen wir ihn anrufen?«, frage ich.

»Ich weiß nicht. Wie und wo sollten wir das machen wollen. Er braucht dafür mit Sicherheit jede Menge medizinische Sachen. Auf jeden Fall wird er Medikamente benötigen, die man nicht mal eben in der Apotheke kaufen kann. Vielleicht ist ein Telefonat keine gute Sache.« Ich verstehe, erkenne langsam den Plan, den er offensichtlich gerade entwickelt. Es wird kein Zurück geben. Wenn wir erst einmal damit begonnen haben, ist das Ende besiegelt. So muss es sich anfühlen, wenn man als Favorit in den Ring steigt. Man ist sich sicher zu gewinnen, doch ein letzter Zweifel bleibt. Trotzdem wird der Kampf stattfinden, es ist beschlossen und es wird geschehen.

Kapitel 17

Im Schutze der Dunkelheit warten wir wie zwei Diebe hinter einem Gebüsch. Ach nein, wir sind zwei Diebe. Abaelard hat uns genau instruiert, was wir stehlen sollen. Seit zwei Tagen schlafen wir am Tage und warten in der Nacht vor dem Krankenhaus auf einen bestimmten Rettungswagen von dieser privaten Firma, gut an der völlig übertriebenen Blaulichtanlage zuerkennen. Der Notarztwagen ginge auch. Zwei blaue Rucksäcke und zwei Geräte aus dem Rettungswagen oder drei blaue Rucksäcke und ein Gerät aus dem Notarztwagen. Es sind ein tragbares Beatmungsgerät, Sauerstoffflaschen, ein EKG-Gerät und das notwendige Zubehör. Als wären das noch nicht genug Voraussetzungen, müssen die Fahrer überdies auch noch vergessen, die Fahrzeuge abzuschließen. Alles zusammen soll ziemlich schwer sein und wenn wir es haben, sollen wir Abaelard Bescheid geben, er will dann noch einiges aus dem Lager des Krankenhauses holen, inklusive der Medikamente, auch der tödlichen. Kerstin ist neben mir eingeschlafen. Langsam beginne ich an dem Erfolg unserer Aktion zu zweifeln. Zu wenig ist hier los. Ein Rascheln hinter mir lässt mich aufschrecken. Es ist Abaelard, er saß im Auto und hat über seinen Melder den Funk der Feuerwehr verflogt. Er sagt, es könne gelingen. Zwei Rettungswagen seien nach einem größeren Unfall auf dem Weg hierher. Vorsichtig wecke ich Kerstin. Ihre Aufgabe ist es, an der Pforte zu beobachten, ob der Wachmann die Monitore der Überwachungskameras im Auge hat. Sie soll sich als eine wartende Angehörige ausgeben und uns über das Handy Bescheid geben. Blaulicht erhellt die Straße links von uns. Tatsächlich kommen zwei dieser Rettungswagen um die Kurve und parken hintereinander in der Garage. Wir beobachten, wie in großer Eile die erste Trage aus einem der Wagen gezogen wird. »Den brauchen wir nicht versuchen, die Geräte werden gerade benötigt«, sagt Abaelard sofort. Ein grausiges Bild bietet sich meinen Augen. Ich sehe nur sehr wenig von dem Patienten, dafür aber wahnsinnig viele Schläuche und Kabel und mitten auf der Trage steht eine Höllenmaschine. Ich denke sofort an eine dieser riesigen Pressen, wie sie in Stahlwerken das noch glühende Material mit ungeheurer Kraft in Form bringen, nur dass hier keine tonnenschweren Metallrohlinge entstehen, sondern ein Mensch darunter liegt, und in schneller Abfolge zerquetscht ihn diese Maschine wieder und wieder, als wolle man ihm das Herz durch den Rücken heraustreiben. Während ich diesem Szenario noch fassungslos hinterherschaue, höre ich Abaelard wieder reden. »Der andere ist gut! Der Fahrer ist ein fauler, arroganter Arsch. Der schließt nie ab.« Auf der Trage des zweiten Rettungswagens sitzt ein offensichtlich betrunkener Mann und pöbelt die Sanitäter an. Mein Mitleid hält sich in Grenzen. Ich male mir aus, wie er vielleicht besoffen einen Unfall verursacht hat und nun jemand wegen seines beschissenen Verhaltens sterben muss. Ich ertappe mich dabei, ihm den Tod zu gönnen, wenn der andere dadurch gerettet werden könnte. So schnell, wie die Aufregung in der Garage gekommen ist, so schnell ist es wieder still, kein Mensch weit und breit und ein offener Rettungswagen lädt uns förmlich ein. Kerstin macht sich auf den Weg. Der Eingang zum Krankenhaus ist nur 20 Meter rechts von uns. Schon bald vibriert mein Handy. »Macht schnell, gerade ist niemand hier.« Wir rennen los. Am Wagen angekommen zeigt Abaelard auf die beiden blauglänzenden Taschen. Ich reiße die Erste aus dem Fach, in dem sie steckt und bin trotz der Vorwarnung über das Gewicht erstaunt. Ich setze mir den Rucksack auf und greife die zweite Tasche, obwohl sie größer ist, wiegt sie zum Glück nicht ganz so viel. »Lauf«, flüstert Abaelard, der sich kurz umschaut, ob er noch etwas gebrauchen könnte. In einer Hand hält er einen Computer und ein Weiterer hängt über seiner Schulter. Ein lautes Klacken ertönt

224

und er hat noch ein weiteres Gerät in der Hand. Es hat einen Behälter an der Seite und ein langer Schlauch ist um das ganze Gerät gewickelt. Eigentlich will ich gar nicht wissen, was man damit macht. Hinter dem Gebüsch treffen wir uns wieder, warten ab, ob uns jemand gesehen hat und nun Alarm schlägt. Alles bleibt ruhig. Ich rufe Kerstin an, sage ihr, dass der erste Teil erledigt ist. Auf dem Weg zu Abaelards Auto komme ich ordentlich ins Schwitzen. Die Rucksäcke haben es wirklich in sich. Wir werfen alles ziemlich unsanft in den Kofferraum und steigen ein. Ich fahre, da er sich nicht sicher ist, alles richtig zu machen. Der Weg führt uns in die Tiefgarage des Krankenhauses. »Hoffentlich haben sie meine Karte nicht gesperrt«, sagt Abaelard und ich frage mich, warum er mir das jetzt sagt, da wir sowieso schon mittendrin stecken und dieser Umstand unser Vorhaben direkt zunichtemachen würde. Ich halte die Karte an das Lesegerät der Schranke. Sie öffnet sich. Gott sei Dank! Nachts ist wenig los und wir können direkt neben dem Personaleingang parken. Wieder rufe ich Kerstin an und wundere mich dabei über den guten Empfang hier unten. Wir müssen noch warten. Sie kann die Monitore sehen und auch unser Auto. Leider aber auch den Wachmann, der auf seinem Stuhl sitzt. Sie beginnt sich über den Kaffeeautomaten zu beschweren und lockt ihn damit weg. Wir steigen aus. Auch am

Personaleingang wird uns der Zugang nicht verwehrt. Nach nur wenigen Metern deutet Abaelard auf eine weitere Tür, auf der ‚Lager‘ steht. Ich bin gerade dabei, seine Karte an das Lesegerät zu halten, als Stimmen näher kommen. Ein kleiner Treppenabsatz hilft uns, nicht entdeckt zu werden. In Windeseile verkriechen wir uns darunter.

»So ein Idiot! Jetzt müssen wir unsere Technik hergeben, weil dieses Arschloch zu blöd ist, den Knopf auf seinem Autoschlüssel zu drücken.«

»Was für verdammte Wichser klauen eigentlich Material aus einem Rettungswagen?«

»Vielleicht Junkies auf der Suche nach Stoff.«

»Und dann klauen sie einen Defi und eine Beatmungsmaschine samt Zubehör?«

»Beschaffungskriminalität. Vielleicht, um es zu verticken.« Die beiden Männer betreten das Lager. Ich schaue zu Abaelard, der Moment ist günstig, um ihm das zu sagen, was ich niemals könnte, wenn Kerstin dabei wäre. »Hör mal! Wenn es irgendwelche Anzeichen geben sollte, dass die ganze Sache funktioniert, dann zieh es durch. Ab jetzt sind wir sowieso Kriminelle und mit dieser Geschichte hier landen wir alle drei in einer geschlossenen Anstalt. Also bitte, beim geringsten Anzeichen, bring es zu Ende.« Er nickt leicht, aber bestimmt. Ich kann also sicher sein. Die Tür öffnet sich und die beiden Männer gehen wieder. Wir warten, bis wir in einiger Entfernung eine weitere Tür hören, dann geht es los. Abaelard kennt sich in dem Lager gut aus. Zielgerichtet greift er nach einer großen Plastikbox und wirft viele Dinge einfach hinein. Alles ist einzeln verpackt, das Einzige, was ich direkt erkennen kann, sind Spritzen in verschiedenen Größen. Einige grüne Geräte kommen auch noch dazu, sowie einige Plastikflaschen, die kenne ich schon aus Filmen und Serien und frage mich, ob er auch noch so einen fahrbaren Metallständer mitnehmen will. Es gibt noch einen kleinen Nebenraum, der extra gesichert ist, ich entriegele ihn ebenfalls mit der Karte und auch hier bedient er sich großzügig. Es sind die Medikamente. Nachdem er alles zu haben scheint, sagt er: »Ich glaube, nach unserer Aktion wird kein Arzt mehr Zugang zu diesem Lager bekommen. Es hatte mich sowieso schon immer gewundert, aber gut für uns. Jetzt haben wir nur zwei Probleme. Uns fehlen ein EKG und eine Beatmungsmaschine. Alles, was wir aus dem RTW geholt haben, ist lediglich für eine Person gedacht und ich wollte den Rest hier aus dem Lager nehmen. Nur waren die Jungs eben schneller.« Er deutet auf einen Karton neben der Tür. »Den nehmen wir auch mit. Das könnte ein defektes EKG sein, aber für unsere Zwecke reicht es hoffentlich.« Langsam öffne ich die Tür. Hoffe, niemandem im Flur zu begegnen. Die Luft ist rein. Eilig stellen wir unsere Beute unter den Treppenabsatz und verstecken uns daneben. Ich rufe Kerstin an. Sie nimmt sofort ab und ist ziemlich aufgeregt. »Beeilt euch! Die haben schon die Polizei gerufen und sind völlig aus dem Häuschen. Gerade ist niemand hier.« Wir hasten los. Raus in die Tiefgarage. Die Kiste und den Karton stellen wir auf die Rücksitze und fahren los. Die Schranke braucht eine Ewigkeit, um sich zu öffnen. Ich muss mich zwingen, langsam zu fahren. Kerstin wartet schon an der Straße, ruhig und langsam anhalten, sie steigt ein, versucht sich so unauffällig wie möglich neben den großen Karton zu quetschen. Am liebsten würde ich sofort mit 100 km/h davon jagen, aber ich muss ruhig bleiben. Ruhig und besonnen. Eine Linkskurve, eine Kreuzung, rechts abbiegen, Blaulicht von vorn, die Polizei, ruhig bleiben, weiterfahren. Nach 20 endlosen Minuten parke ich den Wagen zwei Straßen von unserer Wohnung entfernt. Bald wird die Polizei nach dem Auto und nach Abaelard, besser gesagt nach Paul Stein suchen. Niemand darf uns sehen, während wir die Sachen eilig aus dem Auto ins Haus tragen. Erst mal in den Keller, damit es schneller geht und sich niemand wundert, warum mitten in der Nacht so viele Menschen die Treppe auf und ab gehen. Irgendwann sind wir fertig mit dem Verstecken der Sachen, körperlich und mit den Nerven. Langsam wird die

Nacht von der Dämmerung vertrieben, der längste Tag des Jahres beginnt. Es ist Sommersonnenwende.

Kapitel 18

Mein Körper löst sich auf, zerfällt zu nichts. Alles fällt ab, all dieser unnötige Ballast verschwindet einfach und alles, was bleibt, bin ich. Ein Licht. Ich bin Licht. Hell und klar steige ich empor. Es gibt keine Hindernisse, die Decke des Zimmers ist durchlässig wie ein kaputtes Sieb. Ich durchdringe sie, spüre nicht den geringsten Widerstand. Das Haus durch das Dach verlassend, nehme ich alles um mich herum wahr. Viele Menschen sind auf den Straßen unter mir. Sie alle haben sich versammelt, um dem Ereignis beizuwohnen. Sie stehen starr und beobachten. Paris. Damals war ich auch eine dieser vielen, und heute – heute bin ich Licht. Weiter empor steige ich, hinauf in den dunklen Nachthimmel. Immer höher und höher, denn ich werde erwartet. Schon kann ich sie sehen, zwei Lichter, von denen eines kleiner als das andere das Größere wie ein Mond seinen Planeten umkreist. Rossinhol und Abaelards Hand. Ein drittes Licht ist bei ihnen. Bastian! Mein Bastian! Wir umkreisen einander und dann – Liebe, – unglaubliche Liebe, indem wir uns vereinen, werden wir kleiner und kleiner, konzentrieren all unser Licht auf einen unendlich winzigen Punkt, der immer noch kleiner werdend unsere Gefühle auf ein unfassbares Maximum steigert. Scheinbar unerträglich und doch fantastisch, bis wir einer Supernova gleich erblühen und das gesamte Universum erhellen könnten. Wir sind ich und ich bin wir. Ein neu geborener Doppelstern, untrennbar verbunden, sich umkreisend und vereinigend. Wieder und wieder. Einem Kinde gleich, welches eben lernte, dem Spielzeug die Melodie zu entlocken, vereinen, trennen und umkreisen wir uns in zahlloser Folge. Nur ein Gedanke lässt uns durch das All schießen, auf Saturns Ringen surfen, lässt unser Licht in Jupiters Diamantregen wie in einem riesigen Kaleidoskop milliardenfach brechen, lässt uns in die dunkle Materie wechseln und die Seelen besuchen. Ein unendlich weiter Ozean aus Lichtern ohne Horizont, durchzogen von Wellen, ausgelöst durch die, welche sich aufmachen auf den Weg in einen neuen Körper oder jene, welche wieder heimkehren, um eine weitere Unendlichkeit in diesem Ozean zu ruhen. Ein weiterer Gedanke bringt uns zurück, dorthin, wo Raum und Zeit spürbar sind. Alles ist möglich und alles nur aus Liebe. Rossinhol wartet über dem Dach unseres Hauses auf uns und ich spüre ihre Freude über unser Glück, ich fühle ihr Lachen, ihr herzliches Lachen. Als Licht wieder in unser Bett sinkend, endet der Traum und ich wache auf. Neben mir liegt Bastian, die noch schläfrigen Augen geöffnet, fragt er: »Hast Du sie gesehen? Es sind so viele und sie alle sind wie wir.«

»Ja. In Paris gehörten wir noch zu ihnen.«

»Wir waren eins«, flüstert er, und aus seinen Augen strahlt die pure Sehnsucht.

»Ja, es war so unglaublich schön.«

»Wird es so fantastisch werden?«

»Ich denke schon.«

»Kommst Du mit? Mich hält hier nichts mehr und ich brauche auch keinen Probelauf.« Ich nicke, streichle sein Gesicht. Bastian, mein Bastian. »Ja, ich will!«

* * *

Viel Überzeugungsarbeit war notwendig gewesen, damit sie sich wenigstens die Elektroden für das EKG aufkleben lassen. Abaelard hatte alle Hände voll zu tun, um irgendwie sichergehen zu können, dass es klappt. Sie kamen aus dem Schlafzimmer direkt zu ihm an das Sofa, um zu sterben. Haben ihn gar geweckt und wollten keine Zeit mehr vergeuden. Erst sein Einwand, es könnte schief gehen, da auch er seiner Wut nachgegeben hatte und dadurch nur eine einzige fehlende Sekunde alles zunichtegemacht hatte, konnte sie überzeugen. An dem zweiten EKG ist zum Glück nur ein Kabel des Defibrillators defekt, den werden sie mit Sicherheit nicht benötigen. An einem dünnen Seil, das als große Schlaufe von der Deckenlampe herabhängt, sind die Flaschen mit dem Sterofundin befestigt. An zwei der fünf Flaschen sind die Infusionsschläuche angebracht und leiten die Flüssigkeit in die Venen der beiden, die am Boden liegen und sich gerade küssen. Ihre Körper liegen so weit voneinander entfernt, dass Abaelard bequem zwischen ihnen knien kann, nur ihre Köpfe sind nah beieinander, so kann er schneller reagieren und braucht seine Position im Zweifelsfall nur unwesentlich verändern. Die EKG-Geräte geben mit ihren Tönen die Schläge ihrer Herzen wieder. Wie abgemacht halten sie sich nun die Sauerstoffmasken an ihre Gesichter, um so viel wie möglich davon in Blut und Lunge zu haben. Damit gewinnt Abaelard ein wenig Zeit, da er beide intubieren will, ohne dass sie es mitbekommen. Es gibt nur ein Beatmungsgerät, er wird Bastian daran anschließen und Kerstin mit dem Beutel von Hand beatmen, und dann ... dann wird hoffentlich etwas passieren. Irgendetwas. Hoffentlich! Die Spritzen sind aufgezogen und bereit. Zwei von jedem Medikament. Nur von einem gibt es drei. Kaliumchlorid, das letzte Medikament. Er wird es sich am Ende selbst verabreichen, brennen wird es, wenn es durch seine Venen schießt, doch schlimmer als so manch anderer Tod, den er durchleiden musste, kann es nicht werden und bestimmt wird es weniger schmerzhaft sein, als auf einen brennenden Scheiterhaufen zu springen. Ein letzter Blick auf die beiden. Keine Angst ist in ihren Augen zu sehen, nur Neugier und Vorfreude. Also kann es beginnen. Er sagt nichts, während er ihnen das Fentanyl direkt in den Zugang injiziert. Sie wissen, dass sie bald schlafen werden. So gleichzeitig wie nur möglich aktiviert er nun die Spritzenpumpen und das Propofol gelangt die Schläuche in ein milchiges Weiß tauchend in die Körper der beiden. Stille, Totenstille, allein unterbrochen durch das Surren der elektrischen Spritzenpumpen und dem Piepen des EKG. Etwas stimmt nicht! Abaelard wird nervös, während er Kerstin das Rocuronium verabreicht und in Gedanken die Sekunden herunter zählt, bis er mit der Intubation beginnen kann. Er muss konzentriert arbeiten und nebenbei den Fehler finden. Verdammt! Der Tubus ist drin, gesichert. Was stimmt nur nicht? Den Beatmungsbeutel ansetzen und ein paar Mal drücken, Sauerstoff in ihre Lungen befördern. Und da! Im Augenwinkel nimmt er eine Bewegung wahr. Bastians Brustkorb hebt und senkt sich, als würde der Tubus in ihm stecken, als würde er ihn beatmen. Eine Pause länger als mehrere normale Atemzüge, den Beutel erneut zusammenpressen - und - wieder. Beide atmen synchron. Abaelard lacht laut los, als er den Fehler findet und erkennt, was schon eben nicht gestimmt hat. Nichts! Alles ist so perfekt, wie es nur sein kann. Die EKGs geben nur einen Ton ab. Zumindest hört es sich so an. Beide Herzen schlagen absolut synchron. Mit Tränen in den Augen und laut lachend verabreicht er nun auch Bastian das Rocuronium, intubiert ihn, schließt ihn an die Beatmungsmaschine an und entfernt den Beutel von Kerstins Tubus. Beide atmen absolut gleich und noch immer scheint es nur einen Piepton von beiden EKGs zu geben. Er will die Halsschlagadern der beiden kontrollieren. Es ist fantastisch. Wie der Rhythmus einer wundervollen Melodie spürt er das Pochen unter seinen Fingerkuppen und es scheint aus nur einem Körper zu sein. Stärke, Geschwindigkeit, es gibt einfach keinen Unterschied. Ebenso ist die Atmung nach wie vor identisch, obwohl nur Bastian an die Maschine angeschlossen ist und Kerstin eigentlich überhaupt nicht atmen dürfte. Etwas anderes zieht auf einmal seine Aufmerksamkeit auf sich. Ein winzig kleines Staubkorn schwebt zwischen ihren Köpfen und es scheint zu leuchten, als würde es von der Sonne beschienen werden. Rossinhol! Geliebte! Bevor sich an diesem Zustand etwas ändert, muss er handeln. Das Kaliumchlorid. Es an der Zeit. Völlig überdosiert schickt er es gleichzeitig auf den Weg in die Venen der beiden. Während er das Beatmungsgerät ausschaltet, wird das regelmäßige Piepen der EKGs immer langsamer, bald von einem nervigen Alarm übertönt und schließlich zu einem Dauerton. Die Linien der Asystolien erscheinen tatsächlich gleichzeitig auf den Bildschirmen. Abaelard steht auf, schaltet alle Geräte ab. Ein letzter Blick auf das Staubkorn lässt ihn erneut laut lachen, es sind nun drei und sie umkreisen einander. Der Einstich in seine Armbeuge ist schnell erledigt. Der Kolben der Spritze zügig heruntergedrückt. Das Kaliumchlorid löst einen wahren Feuersturm in seinen Venen aus, als würde das brennende Holz von Rossinhols Scheiterhaufen in seinem Blut schwimmen und seinen Arm von innen heraus verbrennen. »Rossinhol.« Während er lächelnd vor dieser riesigen Couch in sich zusammensinkt, sieht er die Nadeln der Zugänge auf dem Boden liegen, ebenso die Klebeelektroden und die Tuben, welche eben noch in den Lungen seiner Retter für Sauerstoff gesorgt haben und ihre Kleidung, in der kein Mensch mehr steckt.

Epilog

Seit zwei Wochen hat Katja fast überhaupt nicht mehr geschlafen. Kaum dämmert sie dahin, erscheint ihr das Bild von Paul, wie er auf der Bahre in der Rechtsmedizin liegt, und sie schreckt wieder auf, und wenn es das nicht ist, geistern ihr die Fragen der Kriminalpolizei durch den Kopf. »Wann haben Sie Herrn Stein zum letzten Mal gesprochen oder gesehen?« »Hatte Herr Stein Feinde?« »Wer sind die anderen zwei Personen?« »Kennen Sie einen gewissen Bastian Gerhold oder eine Kerstin Söllner?« »Wussten Sie von einem gemeinsam geplanten Suizid?« Nichts wusste sie, überhaupt nichts. Irgendwie müssen sich die anderen beiden aus dem Staub gemacht haben, denn von ihnen fehlt bislang jede Spur. Auf den Videos der Überwachungskameras sieht es nicht so aus, als hätten sie Paul zu irgendetwas gezwungen. Ganz im Gegenteil, er schien sie anzuleiten. Der Tatort ist nach wie vor gesperrt und seit Tagen steht ein Fahrzeug der Spurensicherung vor dem Haus. Auf dem Revier war einer der Polizisten etwas unbedacht und hat seine Meinung laut geäußert, als sie auf dem Weg zu seinem

Büro war. »So eine verdammte Scheiße!«, hatte er gerufen. »Niemand löst sich einfach in Luft auf.« Wieder klingelt es an der Tür und wieder ist es der Polizist. Seit zwei Wochen kommt er regelmäßig, um sie erneut zu fragen, ob ihr etwas ein- oder aufgefallen sei. »Herr Brandt, kommen Sie herein. Sie sehen auch aus, als könnten Sie einen Kaffee gebrauchen.«

»Vielen Dank, aber meine Zeit ist knapp, ich war nur zufällig in der Nähe. Ich glaube nicht, mich wiederholen zu müssen, aber in diesem Fall steht uns das Wasser wirklich bis zum Hals. Mit einem derart verrückten Tatort haben wir es tatsächlich nicht oft zu tun.« Er bleibt in der Tür stehen und hofft offensichtlich auf einen Geistesblitz von Katja.

»Hat Ihnen Herr Unger, der Psychologe nicht weiterhelfen können?«

»Er hatte sich keine Notizen gemacht. Er sagte, Herr Stein wäre der Meinung gewesen, während der Reanimation den Körper gewechselt zu haben, und er wollte abwarten, ob er sich wieder bei ihm melden würde.«

»Also gibt es keine wirklichen Neuigkeiten?«

»Der Tathergang wurde rekonstruiert. Es scheint so gewesen zu sein, dass Herr Stein die beiden erst narkotisiert und dann getötet hat, bevor er sich selbst die Spritze setzte. Keinerlei Spuren deuten auf ein erzwungenes Geschehen hin. Nur wo sind die beiden Leichen? Es ist zum verrückt werden.«

»Jemand muss die beiden doch kennen oder gekannt haben.«

»Das schon. Wir haben inzwischen einige Freunde und Bekannte dieses Pärchens ermitteln können. Aber auch das war eine Sackgasse. Niemand kann es sich erklären. Diese beiden sind wie Geister und waren bislang genauso unbescholten wie Ihr Freund Herr Stein. Wir haben keine Ahnung, wie und wo sich ihre Wege kreuzten, sie haben niemals telefoniert oder Mails geschrieben oder sonst irgendetwas. Als hätten sie sich zufällig vor dem Krankenhaus getroffen und ganz spontan diese Nummer abgezogen.«

»Was sind das denn für Leute, diese Bekannten der beiden?«

»Sie sind in Ihrem Alter, auch ganz normale Menschen. Vielleich mal ein Strafzettel hier, ein Blitzer da. Sonst nichts. Überhaupt nichts. Sie treffen sich immer in dieser Bar an der Wallstraße. Waren sie schon einmal dort?«

»Nein, aber vielleicht sollte ich einmal hingehen und diese Leute treffen.« Jetzt muss sie diesen Polizisten wieder loswerden. Dringend! Wie kommt er auf diese Bar? Das gibt es doch gar nicht! In den Nächten, nachdem Paul gestorben war, hatte sie diesen einen komplett verrückten Traum, bis man sie über seinen Tod informierte und sie ihn in der Rechtsmedizin identifizieren musste. Seitdem erscheint ihr jedes Mal diese Bar, wenn sie zwischendurch doch mal ein paar Minuten Schlaf findet. Was geht hier vor sich? Das ist doch alles eine gequirlte Kacke.

»Frau Hartmann!? Ist alles okay?«, fragt der Polizist. Seinem geschulten Auge ist natürlich aufgefallen, dass sie bei der Erwähnung der Bar angefangen hat nachzudenken.

»Ja, alles ist gut, soweit es gut sein kann. Ich glaube, ich gehe da mal hin. Würden Sie mich jetzt bitte allein lassen. Ich bin wirklich fertig. Körperlich und seelisch.«

»Natürlich. Geben Sie mir bitte Bescheid, wenn sich in der Bar etwas ergeben hat.«

»Das werde ich tun.«

* * *

Welche Bar öffnet um 17.00 Uhr? Da hat doch kein Mensch Lust auf Party. Jedenfalls wird es auf der Homepage des Ladens so angezeigt. Jetzt ist es halb sieben. »Nun denn, Paul, Kerstin und Bastian, was habt ihr getan?«, fragt sie sich selber laut, als sie den Laden betritt. Kein Mensch ist hier. Als der Barkeeper sie wahrnimmt, deutet er auf einen der hinteren Räume. »Da sind schon welche. Was willst du trinken?« Katja schüttelt nur den Kopf und geht in die Richtung, in die er gezeigt hat. An einem der hinteren Tische sitzen sechs Leute. Kaum, dass sie die zwei Stufen in diesen Lounge-Bereich hinter sich gebracht hat, steht eine Frau von dem Tisch auf. Auch sie hat wohl in letzter Zeit wenig geschlafen und mehr geweint als gelacht. »Ich bin Katja, Katja Hartmann, eine Freundin von Paul Stein.«

»Ich bin Mandy, wir sind die Freunde von Kerstin und Bastian. Warum bist Du hier?« Katja hatte mit allem gerechnet, aber nicht mit der Frage, warum sie nach einer Erklärung für Pauls Tod sucht, doch diese Mandy legt aber noch einen drauf. »Du hast es geträumt, oder!? Wir alle haben geträumt, dass Du kommen wirst. Was soll der Scheiß!?«, sagt sie und bricht in Tränen aus. Katjas Knie geben nach, sie greift nach der Lehne des freien Stuhls, der vor diesem Tisch und der runden Sitzecke mit den sechs Freunden der beiden steht. Einer der Männer erhebt sich und hilft ihr, sich zu setzten. Katja setzt an, um etwas zu sagen, aber egal was, es bleibt ihr im Halse stecken. Es gibt keine Erklärung. Alles, was sie im Moment sagen kann, ist: »Ja.«

»Ja, was?«, bohrt eine andere Frau weiter.

»Ja, ich habe es geträumt und nein, ich kann es nicht erklären.«

»Sie können doch nicht einfach so verschwinden«, kommt eine Stimme von rechts. »Sie haben nie etwas Falsches getan!« Einer der Männer ist außer sich und versucht es mit einer Provokation. »Was ist dein Freund denn für einer? Was hat er mit ihnen gemacht?«

»Mein Freund ist tot«, gibt sie leise, aber bestimmt zurück.

»Das bringt doch nichts, Mirco«, greift der ein, der ihr auf den Stuhl geholfen hat. »Ich bin übrigens Ralf und das sind noch Lena, Sophia und Jens.« Katja schenkt den Vorgestellten einen Blick und ein kurzes, gequältes Lächeln. »Alles, was ich weiß, ist, dass Paul vor einiger Zeit einen Herzinfarkt hatte und reanimiert werden musste. Blöderweise hat er die Reanimation bei vollem Bewusstsein mitbekommen und auch die Schmerzen gespürt. Wie auch immer das möglich war.«

»Ist das so eine Herzdruckmassage mit den Stromschlägen und so, wo die immer so wild zucken?«, fragt Jens.

»Genau das, nur zuckt da keiner wild, das tun sie nur im Fernsehen. Aber das ist so ungefähr das Schlimmste, was einem überhaupt widerfahren kann. Die Frage ist, ob man es erträgt und verarbeitet. Paul war selber Arzt, Notarzt, und hat selbst etliche Male Menschen reanimiert. Ja, er hatte einige Probleme damit, aber das führte dazu, dass er sich zu Hause verkrochen hatte. Er wollte niemanden sehen. Ich hatte enorme Probleme, zu ihm zu durchzudringen.«

»Durftest Du die Videos der Überwachungskameras sehen?« Kleinlaut dringt diese Stimme über den Tisch. Es ist Sophia.

»Das durfte ich, ihr nicht?« Alle schütteln den Kopf. »Nun, es hat den Anschein, als hätten sich die drei sehr gut gekannt. Bastian ist mit Pauls Auto gefahren und Paul schien ihnen zu helfen, an die richtigen Sachen zu kommen. Hatten eure Freunde irgendwelche medizinischen Kenntnisse?«

»Mit Sicherheit nicht«, antwortet Ralf. »Aber es gibt da noch eine Sache, eine völlig verrückte Sache, die wir klären wollen. Sie ist so verrückt, dass wir dich direkt fragen müssen. Warst Du der Wolf, also die Wölfin?« Katja springt auf. Das kann nicht sein! Die Frage trifft sie direkt ins Mark. »Jetzt verarscht ihr mich, oder!? Woher ... Ihr habt auch ... Was ist das denn jetzt schon wieder für ein Mist?«

»Gut, dann sind wir wohl vollständig. Ich war der Rabe.«

»Hirsch«, fügt Mirco hinzu und in loser Folge nennt jeder ein Tier aus diesem Traum, den Katja in den ersten Nächten nach Pauls Tod hatte. »Reh«, »Hase«, »Salamander«, »Falke«.

Tränen laufen nicht nur über Katjas Gesicht »Ich habe ihn zu dieser Lichtung geführt, zu diesem Stein, da waren dieses Licht und diese verbrannte Frau. Ihre Augen waren grün, so unfassbar grün. Aber Paul sah ganz anders aus und ihm fehlte die rechte Hand.«

Lena unterbricht sie und führt die Geschichte fort: »Wir haben euch kommen sehen. Wir standen bei diesem Lichtwesen und dieser verbrannten Frau, sie sah so schrecklich aus und sie hatte die Hand dabei.«

»Dann hat er sich von dem Wolf, also von dir verabschiedet«, redet Jens weiter. »Ihr scheint sehr gut befreundet gewesen zu sein. Nachdem dein Freund die verbrannte Frau in die Arme genommen hatte, hat sie sich verwandelt und sah auf einmal wahnsinnig hübsch aus und er hatte seine Hand wieder.«

Nun führt Mandy die Geschichte fort: »Dann sind sie zusammen an dieses andere große Lichtwesen herangetreten und selbst zu einem solchen geworden, bei Weitem nicht so groß und nicht so hell, aber immer noch wunderschön.«

»Und dann ist einer nach dem anderen von uns von diesem großen Wesen berührt worden. Gott, was war das für ein wahnsinniges Gefühl. Als ob mich alle schönen Gedanken dieser Welt auf einmal durchströmen.«, sagt Mirco und seine Augen wirken dabei komplett abwesend.

»Dieses Wesen«, wirft Katja ein. »War das vielleicht einer von euren Freunden?«

»Beide. Sie waren es beide und sie waren so märchenhaft schön«, flüstert Sophia.

Alle nicken zustimmend, schweigend und weinend. Nur Ralf stellt noch diese eine Frage, die bleibt: »Was zum Himmel ist hier passiert?«

* * *

Wäre es in der Lounge in der Knutschecke nur ein wenig dunkler und würde wenigstens einer der Sieben auch nur ein einziges Mal den Kopf zur Decke heben, er würde sich über die zwei Pärchen schwebender Staubkörner wundern, welche leuchten, als würden sie von der Sonne beschienen und die sich in einem wundervollen Tanz umkreisen. Doch nun, da das letzte Wort gesprochen, steigen sie auf durch die Decke, hoch hinauf durch die Wolken, die Atmosphäre verlassend, immer weiter und weiter, und je höher und weiter sie gelangen, umso heller strahlt ihr Licht und bald schon werden sie zurückkehren, um das zu tun, wofür sie gemacht sind.

Stell dir vor, die Sterne tanzen.
Stell dir vor, sie tun's vor Glück.
Stell dir vor, sie bringen Träume
und nehmen dich mit ein kleines Stück.

Stell dir vor, was sie antreibt,
ist stärker noch als Zeit und Raum.
Stell dir vor, noch heute Nacht,
tanzt ihre Liebe in deinem Traum.

Stell dir vor, da ist kein Ende.
Stell dir vor, auch kein Beginn.
Alles ist nur ein Tanz aus Liebe,
und alles Glück ergibt nun Sinn.

Ende

Nachwort und Danksagung

Zunächst einmal ein dringendes und sehr deutliches ‚NEIN'! Nein, es ist nicht möglich, sich selbst eine ausreichende Menge an Kaliumchlorid zu spritzen, um einen Herzstillstand hervorzurufen, der lang genug andauert, um zu sterben. Es würde schon an der extremen Venenreizung scheitern. Es wäre tatsächlich unfassbar schmerzhaft und niemand hielte es aus, unter solchen Schmerzen die ziemlich große Spritze komplett in seine Vene zu entleeren. Sowieso schaltet ein stillstehendes Herz noch lange nicht den Stoffwechsel aus, das Kaliumchlorid würde vom Körper recht zügig wieder abgebaut, und sobald das nötige Gleichgewicht der Elektrolyte wieder hergestellt ist, beginnt das Herz wieder zu schlagen. Diesen ‚Trick' wendet man zum Beispiel bei Operationen am offenen Herzen an. Während ein Patient an eine Herz-Lungen-Maschine angeschlossen ist, kann man so in Ruhe das Herz operieren, ohne dass es schlägt und mit Blut gefüllt ist. Am Ende wird das Blut wieder durch das Herz geleitet, die Zufuhr des Kaliumchlorides gestoppt und Simsalabim – das Herz schlägt wieder. Also NEIN! Es ist keine geeignete Methode für einen Suizid. Weil es gerade passt, möchte ich mich an dieser Stelle bei Hanna und Michael bedanken. Vielen Dank für eure medizinische Unterstützung!

Technisch unterstützt hat mich übrigens die coolste Hufschmiedin der Welt, zusammen mit ihrem Vater und ihrem Ehemann. Viel habe ich von euch über das Schmiedehandwerk und dessen Geschichte lernen können. Ein großer Dank dafür an Kristine, Heinrich und Simon.

Die Stadt, in der Kerstin und Bastian leben, hat (in den sehr sparsamen Beschreibungen) verblüffende Ähnlichkeiten mit meiner Heimatstadt Gotha. Dies ist natürlich kein Zufall, denn ich habe tatsächlich einiges meiner eigenen Traumwelt und meiner Erlebnisse in diesem Buch preisgegeben. Wo allerdings die Grenzen zwischen tatsächlich Erlebtem und Fiktion liegen, das überlasse ich meinen LeserInnen. Nur ein paar wenige Dinge möchte ich an dieser Stelle verraten. Den Keller unterm Keller unterm Keller gab es wirklich, ich bin in diesem Haus aufgewachsen und tatsächlich mehrere Male allen Mut zusammennehmend mit einer kleinen Taschenlampe dort hinunter gestiegen. Vermutlich ist er mittlerweile zugeschüttet worden. Auch bin ich in diese wunderschöne Schule gegangen und tatsächlich in meinen Träumen durch ihre Gänge geflogen. Die Hexe und die Hand? Ja, auch sie sind so beschrieben, wie ich sie über sehr viele Jahre in meinen Träumen erlebte. Kerstins Träume sind übrigens an die nächtlichen Erfahrungen einer lieben Autorenkollegin angelehnt und ich durfte diese hier in diesem Buch verwenden. Liebe Nicole Schumacher, vielen Dank dafür! Ihren Thriller ‚Das Tabu' kann ich übrigens jedem Thrillerfan wärmstens weiterempfehlen.

Da ich gerade über andere Künstler spreche, ist es mir ein Bedürfnis, die Band ‚Qntal' zu erwähnen, deren Musik mich über die ganze Zeit des Schreibens begleitet hat und mir eine wunderbare Muse war. Wer sich nun mit Qntal beschäftigen möchte, der wird in deren Discografie zwei ganz bestimmte Titel finden: ‚Rossinhol' und ‚Abaelard'. An dieser Stelle also ein Dankeschön für den supernetten Kontakt und ein: »Thank you for the music!«

Die Zeit des Schreibens ist immer sehr aufregend und es hilft ungemein, wenn man diesen Weg nicht allein geht. Ein ganz dicker Dank nun an Daniela, Alexandra, Ragna, Helena und Jessica. Danke für das ewige Warten, bis es nach einem Cliffhanger weiterging, das Hin und Her, was nun in welches Kapitel kommt und für das Ignorieren meiner Rechtschreibfehler.

Apropos Rechtschreibfehler: Danke, Katharina! Mögest Du mir auch weiterhin meine schlechte Interpunktion und die viel zu vielen Ausrufezeichen nachsehen. Es war wie immer eine grandiose Zusammenarbeit.

Danke auch an Ronny für das Coverdesign. Es ist wieder richtig großartig geworden.

Last but not least ein großes Danke an all die Testleser, die mir bis zur letzten Sekunde für die Überarbeitung noch reichlich Input geliefert haben.

Danke! Danke! Danke!